東京抒情

川本三郎

春秋社

東京抒情

目次

1　ノスタルジー都市 東京

2　残影をさがして

3　文学、映画、ここにあり

＊本書は、二〇〇六年より二〇一五年まで様々な媒体に発表された原稿を加筆訂正し、再構成したものである。各稿の冒頭に発表時の年月を記し、巻末には出典を明記した。

東京抒情

1　ノスタルジー都市　東京

『東京人』が生まれたころ

――二〇一四年九・十月

東京という町について、住む人間の立場から語る。東京の歴史を振返る。東京の町を歩いてみる。路地や横丁を歩き、居酒屋で飲む。

いまこうした東京論、東京町歩きの本が書店にあふれている。テレビではさまざまな町歩き、居酒屋めぐりの番組が放映されている。

一過性のブームというより、完全に「東京」というジャンルが成立している。アカデミズムにはすでに「江戸東京学」がある。「都市論」というより大きな領域もある。

「東京砂漠」から「TOKIO」への変貌

いったい、いつごろからこんなにも多くの人が、多様に東京のことを語るようになってきたのだろうか。

昭和三十九年（一九六四）に東京でオリンピックが開かれた年は、日本の戦後史のなかでも画期的な年で、東京を中心に日本の社会が大きく変わっていった大転換期だったが、当時はまだ「東京」がテーマとなり、都市としての東京の魅力が語られることは少なかった。

新幹線が走り、高速道路が出来、車社会へと入ってゆく東京の新しさは誰の目にも明らかだったが、東京が、そこに生きる生活者の目で親しみをこめて語られることはほとんどなかった。

オリンピックが開かれた年は、夏、雨の少ない異常渇水が続き、雨乞いまで行なわれたほど。そこから「東京砂漠」という言葉が生まれた。やがてその言葉は、単に、雨の少ない町という意味だけではなく、村落共同体の密な人間関係が壊れてしまった殺伐とした町という意味でも使われるようになった。

一九六〇年代から七〇年代にかけては、東京は「砂漠」と否定的に語られ続けてきた。まだ、「都市」ではなく「都会」だった。自立した「都市」ではなく、農村の対概念としての「都会」であり、そこには、農村から若者たちが労働者として働きに出て来て、町工場や商店で苦労する。

現在では忘れがちだが、当時の東京は、京浜工業地帯、京葉工業地帯に代表される工業都市だった。そのために「東京砂漠」という言葉がリアリティを持っていた。

東京は、最新の町かもしれないが、同時に潤いのない、非人間的な町としてとらえられることが多かった。

映画を例にとってみよう。昭和三十九年の東京オリンピック以降十一年間の『キネマ旬報』（キネマ旬報社）のベスト1を挙げてみる。

『砂の女』『赤ひげ』『白い巨塔』『上意討ち拝領妻始末』『神々の深き欲望』『心中天網島』『家族』『儀式』『忍ぶ川』『津軽じょんがら節』『サンダカン八番娼館　望郷』。

時代劇は当然として現代劇も大半が東京を描いていない。むしろ地方を舞台にしている。

日本の社会が急激に都市社会化してゆくのに逆うように、映画のほうは都市離れ、東京離れを起している。この期間に大衆的人気を得た東映の任俠映画も、松竹の山田洋次監督による『男はつらいよ』シリーズも明らかに、反都市の気分に支えられている（『男はつらいよ』の舞台、柴又は東京といっても、かつては近所田舎と呼ばれた東京のはずれである）。

東京の人口が急増してゆくなか、東京を親しみを込めて語ること、描くことは映画人のあいだで避けられていった。むしろ東京への根強い反発があった。映画は東京で暮す人間たちによって作られていたにもかかわらず。

そうした反東京の気分が次第に薄まり、東京が農村の対概念である「都会」というよりも、自立した「都市」として語られるようになるのは一九八〇年代になってからだろう。

何よりも日本の社会が「一億総中産階級」と呼ばれるように豊かになったことが大きい。それまで東京の人間は、農村に生きる人間に対する負い目、心の負担があって、東京の町をおおらかに肯定することがしにくかった。いつも地方に対する申訳なさがあった。

それが、経済発展のおかげで、東京と地方の差がかつてほどなくなると、薄まっていった（二十一世紀になると再び、地方との格差は顕著になってゆくのだが）。

さらに、東京の経済構造が八〇年代に入ると大きく変わったことがある。それまでの工業都市から「第三次産業都市」に劇的に変わることで「東京砂漠」といわれなくなった。

第二次産業に従事する労働者と、第三次産業に従事する労働者の数が逆転してゆき、次第に「労働者」という言葉にもリアリティがなくなっていった。

第三次産業都市になるに伴い、女性、とりわけ若い女性の社会進出が進んだことも大きい。東京には、青山や原宿、あるいは渋谷のような若い女性が主役の町が生まれてゆく。世界の大都市のなかでも、これほど「女性の町」が多い都市は類がない。八〇年代の東京は「東京砂漠」ではなく「おしゃれな町」、「TOKIO」になってゆく。

それに伴い、新しい都市に生きる者の感受性を持った若い表現者たちが登場してくる。文学の村上春樹、演劇の野田秀樹、映画の森田芳光ら。

一九八三年に公開された森田芳光監督の『家族ゲーム』を見た時の新鮮な感動は忘れられない。それまで具象画を見慣れていた人間がはじめて抽象画を見た時の驚きといえばいいだろうか。それまでの反都市の映画とはまったく違って、新しい東京の町が好きだという肯定の意志があふれている。

とりわけ湾岸の高層アパートに住む男の子が、海辺の工場群の夜景を見ながら「きれいだなあ」と言うところは、新しい都市の感覚を見る思いがした。

モチーフの宝庫「東京」

東京論の名著が次々に出版されるようになったのもこうした変わりつつある七〇年代から八〇年代にかけてだった。七〇年代にすでに先駆的な東京論が、都市論の専門家ではない、文芸評論家によって書かれている。

重要なものが二冊ある。

奥野健男『文学における原風景　原っぱ・洞窟の幻想』（集英社、一九七二年）と、磯田光一『思想としての東京　近代文学史論ノート』（国文社、一九七八年）。

それまで文芸評論というと、作家の生き方や主人公の生き方を論じる人生論的なものか、テキスト分析という言語表現論か、どちらかだったなか、この二冊は、文学が生まれる場所としての東京に着目した、画期的な評論だった。「東京」が文学の場として新しく立ち上がっていった。文学を語ることと、東京を語ることが重なった。いわば「東京」という新しいキー・ワードが登場した。

この二冊に引きずられるようにして八〇年代に入ると次々に、東京論の名著が書かれるようになる。前田愛『都市空間のなかの文学』（筑摩書房、一九八二年）、海野弘『モダン都市東京――日本の一九二〇年代』（中央公論社、一九八三年）、松山巖『乱歩と東京１９２０――都市の貌』（ＰＡＲＣＯ出版、一九八四年）、陣内秀信『東京の空間人類学』（筑摩書房、一九八五年）、エドワード・サイデンステッカー『東京　下町　山の手――１８６７-１９２３』（安西徹雄訳、ＴＢＳブリタニカ、一九八六年）など、今日では東京論の古典と言われる名著が続々と出版されていった。

そうした東京論隆盛のなか、一九八六年（昭和六十一年）に雑誌『東京人』が創刊された。長く『中央公論』の編集に携ってきた粕谷一希さんが創刊編集長。当初は、季刊。その後、隔月刊を経て、月刊となって、今日に至っている。

また当初は、鈴木俊一知事時代の東京都の雑誌（発行・東京都文化振興会）だったが、その後、都と離れ、粕谷さんが主宰する都市出版の発行となった（一九八七年夏季号より、都市出版の発行。石原慎太郎都知事時代に予算が打ち切られた)。

『東京人』という誌名は、粕谷さんがアメリカの『ニューヨーカー』誌に倣って命名した。大都市に生きる人間たちの、地に足が着いた暮しを重視するという思いがこめられている。国家より都市、全体より細部、イデオロギーより暮し。

編集に当って粕谷さんは、前記、前田愛の『都市空間のなかの文学』を参考にしたという。「都市と文学を結びつけるという『東京人』の発想はこの本から大きなヒントを得ている」(粕谷一希『作家が死ぬと時代が変わる——戦後日本と雑誌ジャーナリズム』日本経済新聞社、二〇〇六年)

都市と文学だけではない。東京と結びつく対象は文学からさらに、建築、鉄道、食、映画、演劇、落語……と広がっていった。『東京人』が小出版社の刊行物でありながら二十年以上にわたって続いている成功の要因は、なんといっても、「東京」という器が大きいことにあるだろう。「東京」には文学から食、居酒屋までなんでも盛りこむことが出来る。東京という町の雑踏の雑が、雑誌の雑とよく調和する。

それまで西洋の都市に比べ、東京の町並みはきたないと言われ続けてきた。しかし、八〇年代になると都市を見る見方も変わってきた。整然とした都市計画の下で作られた都市と違って、東京のように雑然とした町もまたアジア的で面白いではないか。

破壊する力へのささやかな抵抗

八〇年代の東京論には二つの新しい動きがあった。ひとつは、建築史家の陣内秀信さんらが提唱する「水の東京」への着目。江戸から東京は、川や堀割の多い水の町だった。それをもう一度、見直そうとする。「ウォーターフロント」という言葉もこの考えから生まれ、湾岸が注目されるようになっていった。

もうひとつの動きは、より趣味的なものだが、建築史家の藤森照信さんらによる路上観察。町歩きをしながら、変わった建物、風変わりなオブジェ、役に立たないモノなどに着目してゆく。都市の細部への徹底である。これもいまではブームというより「学」として定着しつつある。

『東京人』は「水の東京」論や路上観察も取り込んでゆき、東京を語る楽しさの範囲を次々に広げていった。

『東京人』が創刊された一九八六年はバブル経済期のただなか。悪名高い「地上げ」が横行し、東京の町が乱暴に壊わされていた。

この時、『東京人』は自然と「古いものは美しい」というノスタルジーの立場をとった。東京の下町を紹介する記事が多くなったのも、古い建築物を取り上げることが多くなったのもこのため。バブル経済、地上げに対するささやかな抵抗だった。

ノスタルジーの記事が多いという批判も当然であった。「単なるノスタルジーではなく」という紋切型の言い方があるように、成長型の社会ではノスタルジーはつねに評判が悪い。それでも、あの時期、ノスタルジーを大事にすることは東京を破壊する乱暴な力への『東京人』ならではの抵抗だった。

粕谷さんは書いている。「『東京人』はなくなったものに対する懐かしのメロディーばかり取り上げているといわれてきたが、新しいものがあまりにもひどいから、つい『昔のほうがよかった』という企画にどうしてもなってしまうのである」（前掲書）

東京は明治以来、破壊と建築、死と再生を繰返してきた。森鷗外のいう「普請中」の町である。関東大震災と東京空襲という二つのカタストロフィ、災禍も体験している。そうしたつねに変貌している都市では、ついこのあいだまであったもの、失われたものに対する愛着、ノスタルジーの感情は強まる。京都のような古都とはそこが違う。長い歴史に対する意識より、小さな暮しへのノスタルジーが大事になる。「歴史」より「記憶」である。

東京の町を愛した永井荷風が、ノスタルジーの作家になっていったのは、ゆえなきことではない。また、今日、かつてないほど荷風が読まれているのも、東京に暮す人間のなかで、ノスタルジーの感情が強まっているからだろう。

いま日本の全世帯の三分の一は単身世帯になっている（二〇一〇年十月実施の国勢調査による）。ひとり暮しの老人から結婚しない若者まで、三軒に一軒が、単身世帯とは驚くが、考えてみれば私自身がすでにそうなっている。永井荷風がいま広く読まれているようになったのも、荷風が長くひとり暮ししたことと無縁ではないだろう。

これからの東京を考える時、この単身者という視点は欠かせない。個人的な思いを書けば、この夏、七十歳になったひとり暮しの身には、いまの東京はあまりに大き過ぎて、暮すのがつらくなっている。人口三十万人ほどの盛岡あたりで暮したいと思い始めている。

新幹線と東京オリンピックの時代

――二〇一〇年五月

新幹線が開通し、東京オリンピックが開かれた昭和三十九年（一九六四）に、一年間の浪人生活を経て大学に入学した。

そのためか、この年は、日本の戦後社会が大きく変わった分岐点になったと思う。日本の社会は敗戦によって、政治のあり方は変わったが、人々の暮しは、戦争前とさほど変わらなかった。相変わらず、卓袱台《ちゃぶだい》のある暮しが続いていた。

それが昭和三十年代のなかごろから徐々に変わり始め、昭和三十九年がひとつのピークになった。年号の表記は、この年までは元号のほうが合っている。以後は西暦のほうが分かりやすい。

昭和二十二年（一九四七）東京生まれの歌人、佐伯裕子さんはオリンピックの年、高校生だったが、回想記『家族の時間』（北冬舎、二〇〇二年）のなかで書いている。

「昭和三十九年（一九六四）に開かれた東京オリンピックを境に、日本人の生活は音をたてて変わった。第二次世界大戦の敗戦後の処理に一段落がつき、古いものから新しいものへと意識が向かったのである」

オリンピックを前に東京は大改造中だった。いたるところで工事が行われていた。昭和三十八年に公開された東宝映画、ヤン・デンマン原作、鈴木英夫監督の『やぶにらみニッポン』には、アメリカから東京に来た二世の学者（ジェリー伊藤）が地下鉄工事の穴に落ちたり、タクシーの運転手（石川進）が建築現場の上から資材が落ちてきたときの用心にヘルメットをかぶっているというギャグがある。「普請中」の東京を諷刺している。

とはいえ、戦後の貧しい時代に育ってきた世代には、この「普請中」は歓迎すべきものだった。ドブ川のようになった掘割が埋め立てられ、そこに高速道路が出来る。ごみごみした住宅密集地が整理され、「オリンピック道路」が出来る。

高度経済成長のさなか、「進歩」はいいことだと多くの人に信じられていた。いまでこそ掘割を埋め立てず「水の東京」を残しておくべきだった、都電を残しておくべきだったと反省されるが、あの頃はオリンピックに向かっての東京改造が「進歩」だった。

「若者」の時代の到来

当時、杉並区の阿佐谷に住んでいたので、映画を見たり、デパートに行ったりするのは新宿だったが、その新宿が昭和三十九年に大きく変わった。

大正時代に建てられた駅舎で、空襲を受けたこともあり、くすんだ感じのあった新宿駅が改装され、「ステーションビル」（現在の「ルミネエスト」）が出来た。

西口には京王デパートが出来た。淀橋の浄水場はなくなり、翌四十年に東村山市に移転する。のちに浄水場跡が副都心になる。

学生にとって何よりも新鮮だったのは、紀伊國屋書店が、それまでの木造二階建てから一気に九階建てビル（設計、前川國男）に生まれ変わったこと。

書店のなかにホールもあり、演劇、映画、講演などが行われる。大学四年の時だったか、吉本隆明の講演をはじめて聴いたのはここでだった。現在はあまり行われていないようだが、このホールではヨーロッパの名画の上映もあった。

建物は公道に開かれ、通り抜けが出来たし、道からそのままエスカレーターで二階に上がることが出来たのが新鮮だった。

上がってすぐ右手がレコード店（帝都無線）。ビートルズやザ・ローリング・ストーンズ、あるいはボブ・ディランが日本でも人気になっていた時だったから、絶好のタイミングだった。

家庭にステレオが普及しはじめていたし、レコード（LP）の値段も以前よりは安くなり、学生でもアルバイト代から月に一、二枚は買えた。ザ・ローリング・ストーンズのアルバムを買ったのも（若くして死んだストーンズのブライアン・ジョーンズが好きだった）、イ・ムジチのヴィヴァルディ「四季」を買ったのもここ。「四季」がポピュラー・クラシックになったのはこの頃から。

学校の帰りに新宿で降りるようになった。紀伊國屋で本を立ち読みし、映画を見て、ジャズ喫茶に入る。当時の学生の通過儀礼のようなものだった。

伊勢丹の横には昭和三十七年に開館したアートシアター（新宿文化）があり、主にヨーロッパの芸術映画を上映した。さすがに受験生の頃はあまり行けなかったが、大学に入ってからは入りびたり、ベルイマンやポーランド映画をよく見た。

若い世代にとってこの年の最大の事件は、なんといっても四月の『平凡パンチ』の創刊だろう。いまにして思うと不思議だが、当時は若者向けの雑誌は少なかった。受験雑誌か芸能雑誌くらいしかなかった。そこに「セックスと車とファッション」を三本柱にした『平凡パンチ』が登場した。これは事件だった。

それまでの若い世代が教養を重視する「青年」だったのに対し、『平凡パンチ』世代は感性が開かれていった「若者」だった。

ビートルズに代表される音楽、『平凡パンチ』が紹介するファッション（ボタンダウンのシャツとコットンパンツ）、あるいは『少年サンデー』連載の赤塚不二夫の「おそ松くん」。いわゆるサブ・カルチャーの誕生である。新宿が「若者」たちの拠点になった。

野崎孝訳のサリンジャー『ライ麦畑でつかまえて』（白水社）が出版され、学生に大きな影響を与えたのも、ジョン・ル・カレの『寒い国から帰ったスパイ』（早川書房）が出版され、若い世代に読まれたのもこの年。

自分の中学、高校時代と比べても、何かが確実に変わりつつあった。

入学した時は大人しく学生服を着ていたのに、そのうちボタンダウンのシャツを着て髪を長くした。

高度経済成長のただなかにある日本の社会は、確実に豊かになっていた。

昭和三十九年の四月に日本はＯＥＣＤ（経済協力開発機構）に加盟。先進国の仲間入りをした。時代全体が「若者」だった。

杉並区のわが家のトイレが水洗になったのもこの頃。アメリカみたいだと単純にうれしかった。他方ではオリンピックを控えて「外国人に恥しいから立小便をしてはいけません」「ランニング・シャツ一枚で外に出てはいけません」と言われた。それまで犬は放し飼いが当り前だったが、「犬はつなぐように」とうるさくいわれるようになったのも、この頃からだろう。牧歌的な時代が終わり、管理社会が始まった。

家の近くでは、小学生の男の子が、犬がかわいそうだと、あちこちの家のつながれた犬を放してやるという小さな事件が起った。なんとなくその子供の気持が分かった。

歌人の佐伯裕子さんがいうように、「東京オリンピックを境に、日本人の生活は音をたてて変わった」。あの時のわれわれは、新しい進歩の時代を歓迎する気持と、まだ犬の放し飼いが許されていた牧歌的な時代を懐しむ気持と二つに引き裂かれていたのではないか。

豊かで明るい時代を待ち望む気持と、まだ戦争の傷が残る貧しい戦後の記憶を大事にしたいという気持とに。

未来と過去に引き裂かれて

新幹線の開通はオリンピック直前の十月一日。東京駅を午前六時に新大阪行きの「ひかり」一号が出発。在来線より二時間五十分も短縮されて四時間に（翌年の十一月からはさらに三時間十分に）。まさに夢の超特急だった。

前年公開された黒澤明監督の『天国と地獄』では、新幹線以前の特急「こだま」のトイレの窓の隙間から身代金を入れたケースを投げ捨てたが、新幹線ではもう窓が開かない。

いまこそローカル線の旅がいいといっているが、当時は、新幹線の開通を歓迎したことは間違いない。母方の親類が京都に多かったので、小学校の五、六年生の頃から夏休みによく一人で京都に遊びに行った。東京駅から夜行に乗る。

いま手元に当時の時刻表（復刻版）があるが、東京駅を夜の九時に出る神戸行きの列車（「銀河」）に乗ると、京都には朝の六時五十六分に着く。約十時間の長旅になる。

松本清張原作、野村芳太郎監督の傑作『張込み』（一九五八年）では、冒頭、二人の刑事（宮口精二、大木実）が横浜駅から鹿児島行きの夜行に乗って佐賀に向かう列車の旅が描かれるが、米原あたりで外が明るくなっている。

これは、記憶にある。

夜行に乗って、朝、車内に朝日がさしこんでくると車内がざわざわして、自然と目が覚める。隣りのおばさんが「坊や、もうじき京都よ」と親切に教えてくれる。

「おばさん」と書いたのは外でもない。京都まで夜行で一人旅をする小学生の息子を心配して、母が列車に乗る時、なるべく気のよさそうな「おばさん」の隣りの席を探して（時には人にかわってもらって）取ったから。

そんな夜行列車の旅をしていた人間にとって新幹線は大歓迎だった。

その年の十月、友人と二人でさっそく新幹線に乗って京都に出かけた。よほどうれしかったのだろう、新幹線のホームで写真を撮っている。

もっとも、新幹線の開通は出張族には必ずしもうれしくなかったようだ。東京―大阪間が日帰り出来るから。当時の東京を舞台にした小林信彦の長編小説『夢の砦』（新潮社、一九八三年）にはこんな言葉がある。

「いままでは、取材で大阪へ行くと、少くとも、一泊はできたわけです。ところが、これからは、早朝発ちの、日帰りってことになりそうで……」

世の中が忙しくなっている。

新幹線（「弾丸列車」）の構想は戦前からあったが、戦争のため中断した。それが高度経済成長と共に再び光を浴び、東京オリンピックに合わせる形で開業となった。みごとな技術力と言うしかない。時代が若かった。

小林信彦の『夢の砦』には「オリンピック疎開」という面白い言葉が出てくる。小林たちのような戦前の静かなよき東京を知っている世代には、オリンピックの騒ぎが我慢出来ない。東京改造が腹立たしい。それで、オリンピックが開かれているあいだ、東京を離れる。それを「オリンピック疎開」といった。オリンピックを歓迎していた世代としては、こういう人たちもいたのかと、申し訳なく思ってしまう。

申し訳ないと言えば、奥田英朗の長編小説『オリンピックの身代金』（角川書店、二〇〇八年）を読んで、東京オリンピックは、地方を犠牲にした上での祭りだったことを思い知らされた。

秋田県の貧しい村から、東京に出稼ぎに出て死んだ夫の遺骨を取りに上京した農家の女性は、東京の繁栄を見てこんなことをいった。

「（東京は）何もかもが豊かで、華やかで、生き生きとして、歩いている人もしあわせそうで……。なんて言うが、東京は、祝福を独り占めしているようなところがありますねぇ」

東京一極集中は、この頃から始まっていたのだろう。

昭和四年（一九二九）東京生まれの向田邦子は、当時、出版社につとめながらラジオの仕事をするようになった。久我山の自宅に、家族と住んでいたが、仕事が忙しくなり、家を出る決心をする。

昭和三十九年十月十日。オリンピックの開会式の日。向田邦子は、不動産屋の車で、新しい部屋を探して青山から麻布あたりをかけてまわる。青山の横丁に入ると、ちょうど真下に国立競技場が見えた。

「たいまつを掲げた選手が、たしかな足どりで聖火台を駈け上ってゆき、火がともるのを見ていたら、わけのわからない涙が溢れてきた。オリンピックの感激なのか、三十年間の暮らしと別れて家を出る感傷なのか、自分でも判らなかった」（『眠る盃』）

戦争と戦後の貧しい時代をくぐり抜けてきた世代である向田邦子もまた、オリンピックを歓迎する気持と、貧しい時代を忘れまいとする気持に引き裂かれていたのだろう。

遊園地へおでかけ

――二〇〇六年五月

昭和二十年代から昭和三十年代にかけて、子供にとってハレの日の最高の遊び場所はデパートの屋上だった。おでかけである。

母親や姉の買物のお伴をし、食堂でオムライスやお子様ランチを食べ、屋上の小さな遊園地で遊ぶ。長い戦争が終わり、平和が戻って来た時、どのデパートも屋上を子供のための遊び場所にした。

昭和三十二年に作られた、林芙美子原作、千葉泰樹監督の『下町』には浅草の松屋の屋上が出てくる。ソ連に抑留された夫の帰りを待ちながら、お茶の行商などをして、女手ひとつで子供を育てている山田五十鈴が、トラック運転手の三船敏郎と親しくなる。子供も彼になつく。

日曜日、三人で浅草に出かける。松屋の屋上に行く。子供用の電車や自動車、飛行機。デパートの屋上が遊園地になっている。うれしそうな子供の姿を見て、大人たちも幸福な気分になる。昭和三十年代の慎ましい家族（この場合、疑似家族だが）の良き休日である。

浅草の松屋の屋上には、昭和二十五年に作られた「スカイクルーザー」と呼ばれる土星のような形の観覧車があった。夜はイルミネーションに飾られ、東京名所になった。

サミュエル・フラー監督が日本でロケして作ったアメリカ映画『東京暗黒街・竹の家』（一九五五

年）ではここが最後のアクション・シーンに使われた。こういう当時としては大型の遊具が作られたのは、デパートが、子供の遊び場所として屋上を大事にしたからである。

郊外の遊園地になると、おでかけというより、もうピクニック。子供にとっては特別な一日になる。昭和二十七年に作られた、成瀬巳喜男監督の小市民映画の傑作『おかあさん』には、夫に先立たれて苦労している母親の田中絹代が、下の女の子を親類へ養子に出す前に、家族揃って郊外の向ヶ丘遊園へ遊びに行く楽しい場面がある。

子供の電車やウォーターシュートに乗る。帰りに町の食堂でチャーハンを食べる。小市民のささやかな幸せがある。

昭和三十六年に作られた田坂具隆監督の『はだかっ子』では、戦争未亡人の母親、木暮実千代の子供で小学六年生の男の子（伊藤敏孝）が、学校の遠足で村山貯水池（多摩湖）とユネスコ村に行く。

女の先生、有馬稲子が授業で、ユネスコは世界中から戦争をなくそうという思いを込めて作られました、と説明するのがこの時代ならでは。

個人的なことになるが、私は昭和十九年に東京の代々木で生まれ、戦後は杉並区の阿佐谷で育った。杉並第一小学校に通っていたが（久世光彦さんはここの大先輩）、一年生の春の遠足は近くの大宮八幡宮、秋の遠足は新宿御苑、そして二年生の春の遠足が村山貯水池とユネスコ村だった。オランダの風車の前で記念写真を撮った。いまもこの日のことは憶えている。

ジェットコースター現わる

デパートの屋上と郊外の遊園地。

その次に画期的な施設があらわれた。昭和三十年七月に開園した後楽園遊園地。都市型機械化遊園地で、当初、郊外の遊園地に比べて敷地が狭いため客が来ないのではと懸念されたが、遊戯機械が充実していたため、たちまち子供たちの人気を集めた。現在のディズニーランド人気のようなもの。

宙返りロケット、大飛行塔、二重観覧車などさまざまな新型機械があったが、なんといっても話題になったのは全長五百五十メートル、最高速度六十キロの日本最初のローラーコースター。

後楽園ではこれを「ジェットコースター」と名づけた。『後楽園スタヂアム50年史』（社史編纂委員会編、後楽園スタヂアム、一九九〇年）は、「当社が命名したこのジェットコースターという固有名詞が、わが国ではローラーコースターの普通名詞として使われるようになった」と誇らしく謳っている。

開園直後の昭和三十年に作られた、杉江敏男監督の青春映画『ジャンケン娘』では、美空ひばり、江利チエミ、雪村いづみの三人娘が早速、ジェットコースターに乗っている。

美空ひばりは、昭和三十六年の作品、工藤栄一監督の『魚河岸の女石松』では高倉健とデートしてこれに乗る。若者たちの人気デート・スポットになっている。いったんは遊園地を卒業した若者たちがまた遊びに行くようになったのは、ジェットコースターの力が大きい。

この昭和三十年にはもうひとつ、人気施設が生まれた。広大な埋立地を利用して、大小さまざまな風呂と舞台などを備えた船橋ヘルスセンター。

中小企業や農漁村で働く、これまで娯楽に恵まれなかった中高年を狙ったのが成功し、農閑期や忘年会の季節は超満員となった。当時、ここをルポした開高健は「遊び場の総合大学」（『週刊朝日』昭和三十八年九月二十七日号）と評している。

大型レジャー施設のはしりだったが、海外旅行が普及するにつれ、客足が落ち、昭和五十二年に姿を消した。

デパートの屋上や郊外の遊園地、ジェットコースターやヘルスセンター。そうした施設が輝いていた時代に、小市民の慎ましい幸せがあったように思う。

「レンガの街」から「オリンピックの街」へ

記録映画に見る東京

――二〇一五年三月

映画と聞けば、真っ先に劇映画が頭に浮かぶ。実際、ロードショーで記録映画を見られる機会は今はほとんどないが、実は記録映画のほうが圧倒的な数の多さで知られている。そのなかで、震災や空襲、都市開発などで失われてしまった明治、大正、昭和の東京の風景と出会うことがある。

二〇一五年、開業百年を迎えた東京駅は、よく知られているようにレンガ造りの建物だが（内部には鉄骨が使われている）、関東大震災前までの東京では、レンガ建築こそがモダンだった。現在の「高層ビル」に対して、明治大正の東京では「赤煉瓦建築」が時代の華だった。

大正六年（一九一七）に製作された記録映画『東京見物』（モノクロ、二十六分）を見ると、開巻、大正三年にできたばかりの東京駅のレンガ造りの駅舎が大きく映し出され、「帝都の門戸魏然《ぎぜん》として三菱原頭に聳《そび》ゆ」と誇らしげに紹介される。当時、東京駅の正面（皇居側）はまだ開発が進まず、三菱ヶ原と呼ばれる原っぱが残っていた。「三菱原頭」はそれを言っている。レンガの駅舎は武蔵野の原のなかで威容を誇っていた。

東京駅だけではない。『東京見物』は、法務省、海軍省、万世橋駅などの「赤煉瓦建築」を次々に見せてゆく。レンガの建物が文明開化の象徴だったことがわかる。

当時の赤レンガの建物のなかでは、司法省が現存（現在の中央合同庁舎六号館）。明治二十八年（一八九五）に建設された建物が、東京の真中に残っている。長寿建築である。

さらにレンガと言えばＪＲの有楽町駅（明治四十三年開業）から新橋駅（同四十二年）にかけての高架に使われているレンガは、開業当時のもの。これもすごいこと。

『東京見物』には銀座から京橋方面を映す場面があるが、遠く京橋にレンガの高い建物が見える。第一相互館（第一生命保険ビル）。大正十年完成だから、『東京見物』撮影の折りは建設中だった。設計は東京駅と同じ辰野金吾。

『東京見物』には、東京駅前に作られた「一丁ロンドン」と呼ばれる、いまふうに言えばオフィス街も見える。無論、この建物群もレンガ造り。東京には「レンガの時代」があったことが分かる。正直なところ、現代の殺風景な「高層ビル」より「赤煉瓦建築」のほうがずっと美しいと思う。

大正六年の東京には、市電や自転車の他に、大八車や人力車が走る。まだ古い乗り物が残っている。そのために、交通量は多い。神田須田町の交差点が映るが、当時、ここは「親不知《おやしらず》、子不知《こしらず》」と呼ばれるほど混雑していたという。昭和三十年代に大問題になる交通渋滞は、このころから始まっていた。

『東京見物』はサイレント。場面転換にアイリス・アウト、アイリス・イン（光彩絞り）を使っているのがサイレント映画らしい。

震災後に生まれ変わったモダン都市

『敬神崇祖 東京巡り』（モノクロ、十分）も興味深い。

大正十二年の関東大震災によって大きな打撃を受けた東京だが、復興は思いのほか早く、昭和五年には帝都復興祭が行なわれている。復興によって、東京は耐震構造のビルが増え（レンガ造りは減ってゆく）、モダン都市に生まれ変わる。『東京巡り』は、その新しい東京を紹介している。

面白いのは、観光バスの女性のガイドが登場していること。観光バスはこの時代からあったか。時節柄、木炭バスだが、車体はモダンで天井は窓になっている。小津安二郎監督の昭和二十八年の作品『東京物語』のなかに、嫁の原節子が、尾道から出てきた亡夫の両親、笠智衆、東山千栄子を、はとバスに乗せて東京観光する場面があるが、三人の乗ったバスは、やはり天井が窓になっていた。戦後にできた新しい型と思っていたが、戦前からあったとは。まさにモダン都市東京だった。

『東京巡り』が作られた昭和十五年（一九四〇）は、太平洋戦争の前夜。そんな緊迫した時代にも、東京に観光バスが走り、こういう映画が製作されていたことにも驚く。

谷崎潤一郎の『細雪』（一九四三〜一九四八年）では、芦屋に住む次女、蒔岡幸子の隣家のドイツ人一家が、日中戦争が深刻になるなか、昭和十三年に帰国することになる。このとき、横浜から船に乗る一家は、時間の余裕があるので東京駅、皇居周辺を見物している。日中戦争のころまでは、そうした観光が許されている。

ただ、昭和十五年の『東京巡り』では、観光バスの行く先は、皇居をはじめ靖国神社、明治神宮、乃木神社、泉岳寺と社寺が多い。盛り場は浅草くらい。このあたりは時局を感じさせる。観光客（田舎から出て来たらしい老人が多い）は行く先々で脱帽、礼拝をする。

戦後復興とともに、一大工業都市に

戦争でまたしても大打撃を受けた東京だが、震災復興に続き、戦後復興も着実に進んでゆく。エドワード・サイデンステッカーは東京を「フェニックス（不死鳥）」と呼んだが、確かに、世界の大都市のなかでも、震災と空襲の二度のカタストロフィから立ち直った都市はそうはないのではないか。

終戦直後は焼け跡闇市の混乱期にあったが、昭和二十七年（一九五二）の四月に対日講和条約が発効し、戦後日本が占領期を脱してから、東京も次第に落着きを取戻してくる。小津安二郎『東京物語』のはとバスは、この落着きをあらわしている。

昭和二十九年製作の『新東京案内』（モノクロ、四十二分）は、戦後復興期にある東京をとらえている。まさに「新東京」。

空撮から始まるのが、復興期のゆとりを感じさせる。そう言えば、昭和二十八年の松竹映画、川島雄三監督の『新東京行進曲』は、当時の都知事、安井誠一郎本人が出演し、新聞記者たちと小型飛行機に乗って、空から東京を視察するところから始まる。安井知事は、着実に復興してゆく東京を見ながら、「東京はこの三十年のあいだに、関東大震災と東京空襲で大きな痛手を受けた。にもかかわらずこうしてまた復興している」と誇らしげに言う。

一政治家の自慢話ではなく、ようやく戦後の混乱期を脱した東京都民を代表する率直な思いだったと思う。

『新東京案内』でいちばん懐しかったのは、豊島園のウォーターシュート。高いところから急速度で降りてきた船が池に着水する。その寸前に船頭がジャンプする。昭和三十年代、私の子供時代、豊島園の名物だった。

こういう遊園地がとらえられているところに、戦後復興が感じられる。さらに両国の川開きの花火。浅草国際劇場のＳＫＤのショウと続く。当時、日本で撮影されたアメリカのギャング映画、サミュエル・フラー監督の『東京暗黒街・竹の家』には、いまはなくなったこの浅草国際劇場が登場している。まだ娯楽施設の少なかった東京で、ＳＫＤの本拠地の下町の劇場が人気のあるところだったのがうかがえる。

『新東京案内』は、東京を五つのエリアに分けて説明している。その点で、観光案内だけにとどまっていない面白さがある。

五つとは、国会議事堂を中心とした政治地区、銀座、日本橋を中心とした商業地区、神田、本郷を中心とした文教地区、住宅地の山の手（郊外）、そして下町。近代の東京が、この五つのエリアに区分けされながら発展してきたことを明らかにしている。

このなかで下町のとらえ方が鋭い。下町とは、単に江戸以来の古い町ではなく、東の京葉工業地帯、南の京浜工業地帯と重なるとし、カメラは、両地区に林立する大小さまざまな工場をとらえてゆく。煙突から煙が出ている。

いまでは忘れられているが、東京はついこのあいだまで、一大工業都市だったことを語っている。東京を考えるうえで重要な視点。

戦後の復興期にあって「工場」「煙突の煙」は成長、活力の象徴である。のち、公害問題が出てきて、「工場」も「煙突の煙」も次第に忌避されてゆくのだが、『新東京案内』では、どちらもプラスのイメージで、誇らしげにとらえられている。東京は工業都市だからこそ、いち早く戦後復興し、活気にあふれる町になった、と。

現在の東京は、第三次産業中心の町に激変したが、ついこのあいだまで、東京が工業都市だったことを忘れてはならない。「水の東京」は、その水運（東京湾、隅田川など）の便の良さのために「工業都市」でもあった。「水の東京」と「工業都市」は表裏一体になっている。

驚異の工事技術

戦後復興は建築ブームを生む。

東京は近代になってから、森鷗外のいう「普請中」の町で、スクラップ・アンド・ビルドが繰返されるが、戦後復興にあたってもそれが顕著だった。

その意味で、とくに面白いのは昭和三十五年（一九六〇）に東京都が製作した『変わる街の姿――区画整理』（モノクロ、十二分）。

区画整理とは、住宅や商店が密集した地区を新しくする都市改造のこと。たとえば、いま有楽町駅の銀座側（交通公館がある）は、きれいに整備されているが、昭和三十年代まで、「すし屋横丁」と呼ばれる、小さな飲食店が軒を並べる戦後のマーケットのようなところだった。サラリーマン相手の居酒屋が多かった。それが区画整理で一新した。

東京の各地に、そうした一画が残っていた。現在も残る吉祥寺駅北口の商店街や、高円寺駅北口の密集した商店街はその名残り。

「区画整理」は都市の近代化である。住民にとっては、立ち退きの問題があるし、一般論として、都市のなかには、マーケットのような雑然とした空間が、息抜きとして必要であるという考え方はいまも強くある。しかし、戦後の復興期、都市の発展のためには、「区画整理」が必要だったことは否定できない。

『変わる街の姿――区画整理』は、短いフィルムながら、東京都が、どのように区画整理を進めているかをとらえていて、貴重な映像資料になっている。

とくに見ていて驚いたのは、工事の技術。

たとえば、一軒家を丸ごと、小さな川の向こう側に移動させる。家の引越し。川の上を家が移動してゆく場面のシュールなさまには驚かされる。当時、こういう「区画整理」の光景が東京のあちこちで見られていたのだろう。

家だけではない。ビルも移動する。『変わる街の姿――区画整理』のなかで、技術として感嘆するのは、新宿駅の東口にあった大衆食堂、聚楽《じゅらく》の引越しの模様。五階建てのビルをそのまま、ななめうしろに三五メートルも移動させる。ビルの下にころを入れて、大きなビルを動かす。ピラミッドの建設のよう。

そう言えば、江戸川乱歩賞を受賞した戸川昌子のミステリ『大いなる幻影』（講談社、一九六二年）は、大塚の同潤会女子アパートの、建物ごとの引越し（実際に行なわれた）を描いているが、こういう技術が使われていたのかと納得する。

東京オリンピックと水不足

昭和三十四年（一九五九）、五年後のオリンピックが東京で開催されることが決定した。そこから東京の大改造が始まる。

戦後復興と、東京オリンピックに向けての都市改造が重なり合い、東京のいたるところが「普請中」になる。

現在、二〇二〇年の東京オリンピックには、「なぜ、いま、東京で」という批判があるが、当時は、東京オリンピックは、戦後復興の総仕上げとして、世論の多くが支持、期待したと思う。

オリンピックに向けて、東京のいたるところで工事が始まった。

新幹線、モノレール、高速道路、ホテル……。この時代に作られた記録映画『首都東京』（カラー、五十九分）、『新東京の顔』（モノクロ、十六分）、『銀座八丁』（モノクロ、十二分）、『東京ルネッサンス１９６４』（モノクロ、二十八分）は、いずれも、オリンピックを控えての都市改造中の東京、「普請中」の東京をとらえている。

『新東京の顔』には、「（東京は）空前の建設ラッシュ」とナレーションが入る。建設中のビルや高速道路の映像が次々に紹介されてゆく。オリンピックが東京のインフラ整備の契機と理解されている。

東京改造には大義名分があった。そこが現在とは大きく違う。

しかし、改造、建設が進めば、当然、そこに無理が起こる。オリンピック直前に東京を襲った大問題は、水不足。昭和三十九年の夏、雨がまったく降らず、異常な渇水となった。「東京砂漠」と言われた。

この水不足をきちんと描いているのが『東京ルネッサンス１９６４』。オリンピックを控えて雨が降らない。開催できるのか。巨大都市にとって、水がいかに大事か。

江戸幕府開府以来の水問題が急浮上する。結局は、台風によって水不足は解決するのだが、天気まかせではなんとも頼りない。

『東京ルネッサンス１９６４』には、貴重な映像が記録されている。

武蔵水路の建設。

東京の歴史のなかでは重大な工事だったのに、現在ではあまり語られない。東京の水不足、「東京砂漠」は実はすでに二年前、昭和三十七年の日照りで明らかになった。そこで、当時の建設大臣、河野一郎が陣頭指揮をとり、利根川の水を行田あたりから、荒川の糖田へと流す武蔵水路を建設することになった。

オリンピックには間に合わなかったが、翌四十年に完成。東京の水不足を解消した。

『東京ルネッサンス１９６４』は、この東京にとって重要な武蔵水路の建設の模様をとらえている。

武蔵水路がほとんど語られなくなった現在、きわめて重要な映像資料になっている。東京の人間は利根川と武蔵水路に感謝しなければならない。

近代都市の表と裏

東京は近代になってつねに「普請中」だった。「工事中」だった。ということは、いつも、誰かが工事現場で働いていたことになる。

誰が働いていたのか。残念ながら、今回見た記録映画のなかでは、ビルや道路の姿はとらえられていても、実際に、工事現場で働いていた労働者のことは描かれていない。

二〇〇八年に出版された奥田英朗の『オリンピックの身代金』（角川書店）や、二〇一四年の柳美里の『JR上野駅公園口』（河出書房新社）で描かれたように、オリンピックのための建設工事に従事した労働者の多くは、東北からの出稼ぎ労働者だった。そのことも忘れてはなるまい。

オリンピックが開催された一九六四年に製作された『首都東京』には、東北から東京に働きに出て来た集団就職の少年や少女たちの姿がとらえられている。

中卒だろう。セーラー服や学生服を着ている。ほっぺたが、いまはもう日本ではほとんど見られなくなった、りんごの赤いほっぺなのが胸を衝く。こんな幼ない子どもたちが、東京の繁栄を底辺で支えていた。

さらに、一九七六年の作品『プレスの音が消えた街』（カラー、十四分）。

葛飾区立石は、家内工場のプレス工場が多かった。そこが石油ショックで打撃を受ける。町工場が次々に倒産してゆく姿を追っている。

現在、いい居酒屋の多い町として語られる立石には、ついこのあいだまで、そういう苦難の歴史があったのかと粛然とする。

映像の資料は、近代東京の裏表両面の歴史を教えてくれる。

変わる東京、あの町でもまた

――二〇一三年九月

東京は大都市とはいえ、よく見れば小さな町の集まりで作られている。

とくに東京は世界にも類がない鉄道網が整備されている都市で、その鉄道の駅ごとに小さな町があり、それがいくつも数珠つながりになって東京を作り出している。

わが家の最寄りの駅は、井の頭線の浜田山駅（杉並区）。渋谷からは各駅停車で十五分ほど。吉祥寺には十分ほど。

駅の開設は関東大震災のあとの昭和八年（一九三三）。急行のとまらない駅だが、駅の南北に商店街があり、その背後に住宅地が広がっている。鉄道と共に生まれた典型的な東京の小さな町のひとつ。

商店街にはいまだに構えの小さな豆腐屋がある。花屋が多い。おいしいカレーの店もある。

マンション住まいだが、目の前にバス停があり、都心に向かうバスだと、中野行きがあり、これに乗って中野に出ることもある。

中央線の中野駅の開設は明治二十二年（一八八九）と早い。町は、ここも駅と共に発展してきたところで（とくに関東大震災のあと）、駅の開設が早いだけに浜田山に比べると町の規模はずっと大きい。

それでも、南口には吉祥寺の北口と似たような戦後のマーケットを思わせる一画があり、そこに中国人の夫婦で切りまわしているとてもいい中華料理店がある。この一画に来るとまだ再開発とは無縁でほっとする。

駅と個人商店と

鉄道の駅があり、駅を中心に個人商店の多い商店街がある。東京の町のいわば基本の形であり、車社会が進行してしまった地方都市にはない東京の特色でもある。こういう町が大都市、東京を底辺で支えている。

小坂俊史『中央モノローグ線』（竹書房、二〇〇九年）という面白い四コママンガがある。中央線の中野から武蔵境まで八つの駅（つまりは八つの町）に住む八人の若い女性たちを主人公にしていて、それぞれが自分の町の良さ、面白さを語る。

中野には、二十九歳のイラストレーターが住んでいる。二十歳のときに上京してからずっと中野というから住み心地がいいのだろう。

ある時、夏休みに故郷の女友達が二人、遊びに来る。中野の町を案内する。観光地ではないから見どころはない。心配して歩いていると友達はこんなふうに喜ぶ。

「うわー　八百屋だ八百屋だなつかしー」「ていうかコレ商店街じゃん　すごいねー！」

車で行くショッピング・センターが当り前のものになってしまい、駅前の商店街がさびれてしまった地方都市から来た女性たちには、まだ八百屋があるような商店街がきちんと残っていることが新鮮に思える。東京の特色は、鉄道の駅を中心にした小さな町にあるということを、このマンガは的確に描いている。

昔ながらの商店街が健在、といってもよく見ると少しずつ変わっている。

浜田山駅の近くに御夫婦が開いている小さな、いい居酒屋がある。煮豆腐という、スキ焼の豆腐を卵でとじた肴が滅法うまい。編集者との打合せはたいていここでする。

ところが、先だって行ってみると、なんと店がなくなっている。しゃれたビストロに変わってしまっている。

あの居酒屋の御夫婦は店をたたんでしまったのか。近くの理髪店の主人に聞いてみると、息子さんに代替わりしたのだという。それはそれでひと安心したが、居酒屋好きの人間にはビストロは格式が高い。入るには勇気がいる。

気がついて見ると、いつのまにかこの町には、イタリア料理店や洋式酒場が目立つようになった。これは、近年、マンションが増え、若い家族が増えたためだろう。町がおしゃれになり街に変わってゆく。町が好きな人間にはだんだん行き場がなくなってしまう。

人口が増えたため町がにぎやかになる。それはそれでいいのだが、そうすると商店の家賃が上がる。おまけに個人商店には年の課税売り上げが一千万円を越えると消費税がかかる（以前は三千万円以上だった。これはわれわれもの書きも同じ）。個人商店のやりくりは次第に難しくなっている。

浜田山の商店街もご多分に洩れず、いまやチェーン店だらけ。町が街になってゆく。

中野も最近、凄いことになっている。とくに北口。キリンビールの本社が移転してきたのをはじめ、明治大学や早稲田大学のキャンパスも開設された。

当然、家賃は上がるだろう。個人商店だけではなくマンションの家賃も。『中央モノローグ線』の、中野の小さなマンションに一人で暮すイラストレーターの暮しも苦しくなるのではないか。彼女もフリーだからいわば小さな個人商店である。

日々変化する街

東京は一九六〇年代のオリンピックの時と、一九八〇年代のバブル経済期にそれぞれ町の様子が激変したが、近年、また、いままで以上に変化が激しいのではないか。その変化にまだ名称が付けられていないだけで、東京の人間は日々、その変化を実感しているのではないか。

新宿では三越がビックロに変わった。銀座では松坂屋がビルを取り壊わした。私などの世代にとってはデパートは特別なおでかけの場所であり、これがなくなるのは、大仰にいえば、町のアイデンティティが失なわれてしまう。三越のなくなった新宿はもう新宿ではない。

よく、よい店というのは店員の顔ぶれが変わらない店という。それと同じで商店街も、そこに行くと、昔からの店があるという連続性が町の人間に安心感を与える。

渋谷の変わりようもすさまじい。とりわけ五社相互直通で埼玉県の森林公園から、池袋、新宿、渋谷を経て横浜の元町・中華街まで一本のラインで結ばれた変化は大きい。

東横線、西武池袋線、有楽町線、副都心線、東武東上線、みなとみらい線がつながる。いわばカルチャーの違う企業が大合併したようなもの。それぞれの路線に固有の特色、個性は当然、薄くなってしまう。

渋谷から横浜まで東横線で通勤している知人は「前は始発なので座れたのにいまは座れなくなった」「いきなり電車が混みはじめた」とこぼしているが、いちばんなるほどと思ったのは「帰りの電車の終点は渋谷と決まっていたのが、和光や川越はまだ分かるが、森林公園や小手指《こてさし》になるといったいどこにあるのか不安になる」と言っていること。これは逆の場合も同じだろう。企業大合併によって電車の利用者のアイデンティティが失われてゆく。

明治以来、東京は変わり続けている。森鷗外が言った「普請中」が間断なく続いている。変わることが当り前な都市なのだから、いまさら変わったことを嘆いても仕方ないことは分かっている。

それでも、七十歳になった人間には、最近の変化にはもうついてゆけない。次々に出現する新しい都市風景は、なんというか身の丈を越えてしまっている。

数年前、好きな居酒屋がたて続けに店を閉じたことがあった。浅草のM、神保町のI、東銀座のM。いままた浜田山の居酒屋がなくなってしまった。

これからどこに行けばいいのか。街のなかにまだ残っている町を歩き、小さな隠れ家を見つけるしかない。最近は、東京の町を歩くより、鉄道の旅をするほうが多くなった。隠れ家探しの思いが強くなっている。

東京駅という文化

——二〇二二年十二月

小さい頃は東京駅は近寄り難いところがあった。明治の雰囲気を残す赤レンガの駅舎は重厚だったし、皇居に向かい合って建てられた「天子様の駅」は威厳を保っていた。

はじめての東京駅の記憶は昭和三十年代のはじめ小学生の時に、一人で夜行に乗って親戚のいる京都に行ったことだが、それまでに大きな駅といえば新宿駅しか知らない子供には東京駅は大き過ぎて怖いくらいだった。

東京駅の開設は大正三年（一九一四）。これは品川駅（明治五年）、上野駅（同十六年）よりも、さらに有楽町駅（同四十三年）よりも遅い。

東京の中心になるべき駅の開設が遅かったのは、ひとつに当時、丸の内界隈がまだ開けていなかったため。しかし、首都（帝都）の中央に駅がないのはおかしいと、日露戦争勝利後の高揚のなかで建設が始められていった。

建設中は「中央停車場」と呼ばれていた。芥川龍之介の短編「妙な話」（一九二一年）は東京駅に現れた不思議な赤帽をめぐる怪奇譚だが、この小説でも東京駅は「中央停車場」となっている。当初は東京の中心の駅であることが意識されていた。

駅の形には通過駅と頭端駅（終着駅）がある。頭端駅は、日本では門司港駅、あるいは東急世田谷線の三軒茶屋駅を思い浮かべればいい。通過駅はＪＲの新宿駅や渋谷駅。

東京駅は東海道本線や中央本線の起終点駅なのに頭端駅ではなく通過駅になっている。そのため終着駅の持つ詩情がない。これはすでに出来ていた上野駅と品川駅を結ぶ形で作られたため。

東京駅のレンガの駅舎がタテ型ではなくヨコ型になっているのは通過駅のため。横に長い。そのために広々とした印象を与える。子供の頃は「シネマスコープ」と勝手に呼んでいた。こういう形の駅舎は珍しい。

旅立ちのプラットフォーム

上野駅が東日本の玄関口なのに対し東京駅は西に向かっている。小津安二郎監督の『東京物語』（一九五三年）では尾道から東京に出てきた両親（笠智衆、東山千栄子）が故郷に戻る時に、東京駅から夜行に乗った。

また、小津安二郎の『彼岸花』（一九五八年）ではステーションホテルで結婚式を挙げた若い二人が東京駅から伊豆方面に新婚旅行に出かけてゆく。まだ海外旅行が一般的ではなかった時代、東京駅は新婚旅行の出発点だった。

戦場カメラマンとして知られたロバート・キャパは昭和二十九年に毎日新聞社の招きで来日したが、この時、面白い写真を撮っている。東京駅のプラットフォームで若い新婚カップルが仲むつまじくしている写真。戦場カメラマンにはそれが貴重な平和な風景に見えたのだろう。

東京駅の名をあげたミステリーと言えば昭和三十二年から三十三年にかけて『旅』に連載された松本清張の『点と線』。三十三年に光文社から単行本が出てベストセラーになった。当時、私は中学生だったが、中学生のあいだでもこの小説は話題になり「四分間の空白」によって東京駅が身近なものになった。

一時、東京駅を建て替えるという話もあったが、JRはこの明治のレンガ建築を保存し、みごとに新しくよみがえらせた。再オープンするホテル、ステーションギャラリーなど古い美しさを持っていて目を見張らせる。東京の真ん中に明治から大正にかけて約六十万人の人間が建設に関わったという建物が残される。いいことだ。文化とは古いものを大切にすることだと痛感する。

東京駅には以前から猫が住みついている。いまも何匹かいるそうだ。そのうち猫の駅長も登場するかもしれない。

銀座憧憬

——二〇一二年秋〜二〇一四年秋

現在の銀座の原型が作られたのは関東大震災のあとの東京復興が行なわれた昭和のはじめと考えていいだろう。

昭和に活躍した画家、鈴木信太郎に「東京の空（数寄屋橋附近）」という絵がある。昭和六年（一九三一）の作品。有楽町にあった数寄屋橋とその下を流れる外濠《そとぼり》川、川に沿って建つモダンな泰明《たいめい》小学校、そしてその上に広がる空と空に浮かぶいくつものアドバルーンが描かれている。

大正十二年（一九二三）の関東大震災は東京に大きな被害を与えたが、復興は意外なほど早く、東京の町、とりわけ中心の銀座界隈には次々に耐震性の強い鉄とコンクリートの新しい建物が建てられていった。昭和五年（一九三〇）には帝都復興祭が行なわれている。

鈴木信太郎が描いた泰明小学校は震災後に建てられた新しい復興小学校のひとつ。現在も健在で昭和モダンの姿を伝えている。

モダン銀座の誕生

この絵が描かれた場所は数寄屋橋のわき、現在のマリオンのところにあった朝日新聞社の四階応接室。この建物も震災後の昭和二年(一九二七)に新しく建てられた。外濠川に沿っていて川に浮かぶ大きな船のように見えた。

泰明小学校と朝日新聞社。それだけではない。昭和のはじめ銀座には次々に新しい建物が建てられてゆき、モダン都市の先端になっていった。

とくに現在も銀座の中心、四丁目の角に建つ服部時計店(現在の和光)が建てられたのは昭和七年(一九三二)。銀座のシンボルとなった。

映画監督、小津安二郎の日記(『全日記 小津安二郎』田中真澄編、フィルムアート社、一九九三年)を読むと、小津は昭和八年(一九三三)頃しばしば銀座に出てはこの新しく出来た服部時計店の建物を目にとめている。

「チャマン・ベーカリーでサンドウィッチをたべながら服部の時計を聞く」「服部の大時計が八時を打った。竹葉《ちくよう》(注、うなぎ屋)のよし戸からの銀座の夜の町が美しい」など、小津は日記に震災後の銀座のシンボルになってゆく服部時計店の建物のことを親しみをこめて記している。

小津は戦後の作品『晩春』(一九四九年)、『お茶漬けの味』(一九五二年)で銀座を描く時、まず画面に服部の時計塔を見せることになる。

デパートが銀座に進出してくるのも震災後。まず大正十三年(一九二四)には松坂屋が、翌年に松屋が、さらに昭和五年(一九三〇)には三越が、それぞれ銀座に店を構える。それに呼応するように地下鉄(銀座線)が開通する。

現在の銀座の原型がこの時期に作られていっているのが分かる。

昭和六年(一九三一)に出版された安藤更生の『銀座細見』は、だから次のように銀座の隆盛について書いている。

「震災後、銀座は急に賑やかになった。古い江戸は打倒された。江戸っ子は遺滅した。デパートは一斉に銀座へ進出する。銀座は完全に東京を征服してしまった」

新しい銀座に登場したものとしてはカフェと、そこで働く「女給」も忘れることは出来ない。それまでの芸者にかわった。

昭和六年に発表された永井荷風の『つゆのあとさき』はこの銀座で働く若い「女給」を主人公にしている。冒頭、彼女が日比谷の方から銀座へと歩いてゆくところでは、彼女は数寄屋橋、朝日新聞社、そして空に浮かぶアドバルーンを見上げる。それだけで新しい銀座の女であることが分かる。

銀座は日々変わっているが、その中心に約八十年も前に建てられた時計塔が健在なのは凄いことだと思う。夜、見上げると本当に美しい。

川に囲まれた島

数寄屋橋といっても橋はない。川もない。京橋、三原橋、万年橋、新橋も同じ。銀座界隈には橋と付く場所が多いが、実際は橋もなければ川もない。

言うまでもなく昔はそれぞれ橋があり、その下を川が流れていた。銀座の西の数寄屋橋の下には外濠川が、北の京橋の下には京橋川が、東の三原橋の下には三十間堀川が、さらにその先の万年橋の下には築地川が、そして新橋の下には汐留川が流れていた。

つまり、銀座は東西南北、四方を川に囲まれている島だった。幕末に創業された銀座の老舗天ぷら店「天金」の子息で国文学者の池田弥三郎は随筆『銀座十二章』（朝日文庫、一九九六年）のなかでこう書いている。

「わたしの育った銀座の町は、まわりと水にかこまれた、いわば『島』のような土地であった」だから銀座の町への出入りにはどこかで橋を渡らなければならなかった。水に囲まれた島。昔の銀座はまさに「水の銀座」だった。

戦後、この東西南北の川（掘割）が次々に埋められてゆき、橋と川が消えた。いま銀座の地図を見ると、東西南北、かつて川だったところが高速道路になり（三十間堀川だけは例外）、高速道路に囲まれているとはいえ、かつて島だったことがうかがえる。

銀座は大正十二年の関東大震災のあと帝都復興のなか、新しいＲＣ（鉄筋コンクリート）の建物が次々に出来、モダン都市としてよみがえった。

数寄屋橋近くの朝日新聞社、日劇、泰明小学校、築地の東京劇場（東劇）など、どの建物も川のほとりに建てられた。

戦後、東西南北四つの川のなかではじめに埋立てられたのは、三原橋の下を流れる三十間堀川。昭和二十年代のなかば。

当時、銀座の悩みは、空襲で破壊された建物の瓦礫の処理だった。そこで考えられたのが三十間堀川の埋立てだった。瓦礫をこの川に運び、埋立てる。さらに埋立てた後の造成地を売る。瓦礫処理と土地造成の一石二鳥としてこの案は歓迎された。

昭和二十六年（一九五一）に公開された映画、成瀬巳喜男監督の『銀座化粧』では、銀座のバーで働く女性（田中絹代）が、信州から出て来た青年（堀雄二）を銀座へ案内する時、三原橋を渡る。橋の下の三十間堀川では埋立て工事が進んでいる。

田中絹代演じる女性はこう説明している。

「埋立てない前は夜など川の両側のバーや喫茶店の灯が光に映ってとてもきれいでした」。「水の銀座」が思い出されている。

『銀座化粧』には、三十間堀川の東を流れている築地川がきれいにとらえられている。こちらは当時、まだ埋立てられていない。田中絹代は最後、この川のほとりにたたずむ。

成瀬巳喜男監督はこのあとの銀座を舞台にした二本の映画、子供たちを主人公にした『秋立ちぬ』（一九六〇年）と、高峰秀子がバーの女性を演じた『女が階段を上る時』（一九六〇年）でも築地川をとらえている。東京オリンピックを控えての東京大改造のなかでこの川も埋立てられ、そのあとに高速道路が作られてゆく。だから映画のなかの築地川は「水の銀座」の最後の姿を見せていて貴重な映像になっている。築地川周辺は近年、緑地化が進み、かつての「水の銀座」にかわって「緑の銀座」を作り出している。

銀座にはもうひとつ川がある。銀座川。夜のネオンを川にたとえた言葉。戦後、活躍した作家、井上友一郎が名づけた。この川はいまも健在。

映画の黄金時代の中心

はじめて銀座に行った時のことはいまでもよく憶えている。昭和二十九年（一九五四）、小学校四年生の冬休み。杉並区に住む小学生はその日、兄たちに連れられて銀座に行った。

まず築地にあった東京劇場（東劇）でアメリカ映画『ホワイト・クリスマス』（マイケル・カーティス監督）を見て、そのあとクリスマスでにぎわう銀座に出て、コックドールでポークソテイを食べた。戦後の貧しい時代に育った人間にとっては忘れられない最高のおでかけだった。

東劇はまだ埋立てられる前の築地川に沿って建つ豪華な映画館で、まさにムービー・パレスだった。東劇が出来たのは昭和五年（一九三〇）。関東大震災で大きな打撃を受けた東京がその後、目ざましい勢いで復興し、この年には帝都復興祭が行なわれている。その年に開場した東劇は復興のシンボルのひとつになった。東劇のほぼ向かいには震災後新しく建て直された歌舞伎座があり、また、東劇の並びにはやはり震災後の大正十四年（一九二五）に竣工した新橋演舞場もあり、昭和のはじめころからこのあたりは興行街としてにぎわいを見せるようになっていた。

東劇、歌舞伎座、新橋演舞場はいずれも松竹の経営。これに対しライバルの東宝では、実業家、小林一三の手によって日比谷に新しく興行街が作られた。

昭和九年（一九三四）には東京宝塚劇場と日比谷映画劇場、昭和十年には有楽座、さらに昭和八年に出来た「陸の竜宮」と謳われた日劇も東宝傘下になり、有楽町から日比谷にかけて「アミューズメント・センター」と呼ばれる興行街が生まれた。

東の築地と西の日比谷。二つの興行街は銀座を中心として結ばれ、以後、銀座は観劇と共にさらににぎわいを見せるようになってゆく。

谷崎潤一郎の『細雪』には、芦屋に住む藤岡家の次女の幸子と、見合いがうまくいって華族の子息と結婚することになった三女の雪子が、東京に遊びに出るくだりがある。この時、彼女たちは帝国ホテルに泊り、銀座に出て買物や食事をしたり、歌舞伎座に出かけたりしている。昭和十五年（一九四〇）頃のこと。かなり贅沢な東京滞在である。

それまでの東京の随一の盛り場は浅草だったが、築地、日比谷の興行街が誕生することによって、その中心地である銀座が浅草にとってかわった。

銀座が東京でいちばんの繁華街になった。またそれまでの銀座は一丁目から八丁目にかけての南北の線がにぎわいの中心だったが、これに築地と日比谷を結ぶ東西の線が加わり、町全体がいちだんとにぎわいを増していった。

現在の銀座のはなやかさは二つの興行街が作ったといってもいい。

戦争によって一時は銀座のにぎわいも消えたが、日比谷の映画街はからくも戦災をまぬがれたし、築地も復活ははやかった。

昭和三十一年（一九五六）には東劇の向かいに洋画ロードショー館、松竹セントラルが開館。第一作のスペンサー・トレイシー主演の『山』をはじめ、オードリー・ヘプバーンの『昼下りの情事』、西部劇の大作『大いなる西部』などを上映してにぎわいを見せた。

また松竹セントラルの一年前には、京橋に洋画ロードショー館、テアトル東京が開館。第一作はマリリン・モンロー主演の『七年目の浮気』で、大きな話題になった。

昭和三十三年（一九五八）は映画人口が十一億二千万人余と最高を記録した年だが、この映画の黄金時代の中心には銀座があった。

映画人口が往時の十分の一ほどになってしまった現在だが、それでも有楽町のマリオンや日比谷のシャンテ、築地の東劇などはいまもにぎわいを見せている。銀座は映画と共にある。

現在、銀座で上映される映画には大人向きのものが多いのが特色になっている。

試写室の多い町

映画批評の仕事をしているので月に四、五回、映画の試写に行く。

試写室が多いのは銀座周辺。日比谷には東宝、築地には松竹、そして数寄屋橋交差点の近くには東映がある。

このうち東宝は東宝作品、東映は東映作品が主だが、松竹は試写室を他社に貸しているので、自社作品のほか、洋画の試写もある。さらに足を延ばすと、京橋にも試写室がある。

銀座界隈は映画批評家にとっては仕事の場となっている。

以前、銀座には試写室はもっとあった。

三原橋の近くには日本ヘラルドの試写室があったし、和光の裏にある映画館、シネスイッチ銀座の上にもあった。

一九七〇年代までは、昭和通りと晴海通りの交差点近くに、フィルム・ビルという小さなビルがあり、そこにはアメリカのメジャー三社、ＭＧＭ（メトロ・ゴールドウィン・メイヤー）、20世紀フォックス、ワーナー・ブラザースの試写室が入っていた。

ひとつのビルのなかに三つあるから便利で、一日に二本を見ることが出来た。私が映画批評の仕事をするようになった一九七〇年代なかばは、このフィルム・ビルが健在で、よく通った。

当時は、映画評論家の大先輩たち、淀川長治、双葉十三郎、清水俊二、小森和子さんらがまだお元気で、若輩の身としてはうしろの席に座り、遠くから大御所たちの姿を見ていた。

現在の試写室は、雰囲気がすっかり変わり、マナーの悪い若い女性（女性誌関係者が多い）や、我がもの顔の試写会族が増えてしまったが、七〇年代までは、試写室は映画評論家が中心で、落ち着いたいい雰囲気が残っていた。

何よりも試写室は、神聖な仕事の場という思いがあった。いい映画が終わったあと淀川長治さんと映画好きの作家、池波正太郎さんがにこにこしながら感想を述べあっている姿などいまでも心に残っている。駆け出しの人間には諸先輩に対する敬意があり、淀川さんや池波さんがおられると試写室のなかに、いい意味の緊張感が生まれた。

いまそういうものが試写室から失われ、行儀の悪い人間が増えてしまったのは悲しい。

あの時代は、試写を見に来る評論家の数が限られていたから、たいていは顔見知りだった。面白い映画のあとなど誰が誘うともなく近くのレストランや居酒屋、そば屋でビールになることが多かった。銀座には試写室の一歩外に出ればいい店が多い。映画会社の人に淀川さんや双葉さんを紹介してもらったのはそういう席でだった。大先輩たちの映画談義を聞くのは勉強にもなったし、楽しかった。若くして亡くなられたフランス映画社の川喜多和子さんはつとめてそういう機会をつくろうとした方で、川喜多さんの紹介で多くの先輩たちと知り合うことが出来た。試写室から生まれた小さなサロンだった。

銀座にはそういう交流が生まれやすい雰囲気があった。

過去形で書いたが、いまでもまだ少しそういう空気が残っている。

東宝や松竹の試写室、あるいは京橋の試写室で偶然、知人に会うと、どちらが誘うでもなく「軽くビールでも」となる。面白い映画だった時などとくに、こちらも話したいし、むこうの話も聞きたい。

幸い銀座には「軽くビールでも」の店が多い。五丁目のライオン、ブラッスリー・レオ、数寄屋橋のニユートーキヨー（その後、ニユートーキヨーは、引越した。ライオンは改装中。ブラッスリー・レオは閉店）。話がはずむとさらに有楽町の中華料理店、慶楽や、並木通りの居酒屋、三州屋に。いまでは気がつくといつのまにか私が最年長になっている。

緑の街

銀座を歩いていて気がつくことがある。意外に緑が多いこと。有楽町から四丁目の交差点を経て築地へと向かう晴海通りは、ケヤキの並木になっている。銀座の真ん中にケヤキの並木があるとは素晴らしい。

一方、京橋と新橋を結ぶ中央通りにはイチイの木が植えられている。小さなクリスマスツリーの趣がある。

ちなみに晴海通りと中央通りが美しい一因は、電柱がないこと、ガードレールがないこと、さらには歩道橋がないことにもある。

中央通りのイチイはやや人工的な感を否めないが、晴海通りのケヤキは実にみごとなもの。新緑の季節には目を楽しませてくれるし、夏は暑さをやわらげてくれる。

銀座の緑は言うまでもなく柳に始まる。明治から大正にかけて植えられていたが、関東大震災によって焼失した。その後、昭和のはじめ、銀座復興のなか再び植えられた。この時、作られた歌が西條八十作詞、中山晋平作曲の「銀座の柳」で、「植えてうれしい銀座の柳」と歌われた。現在、銀座八丁目の中央通りに面したところには、この詞を刻んだ「銀座の柳」の碑が建てられている。

その後、柳は戦災で再び焼失。昭和二十六年（一九五一）に再復活したが、その後、車社会になると交通の邪魔ということで、昭和四十三年（一九六八）に都電の撤去と共に柳も消えた。

柳は三度消えたことになる。しかし、銀座に柳がないのは寂しいと再び復活。現在、外堀通りが柳の並木になっているし、八丁目の御門《ごもん》通りにも柳が植えられている。

銀座の緑はそれだけではない。

並木通りには、リンデン（セイヨウシナノキ）が植えられ、緑の小道になっている。この木の花にはミツバチがよく来るという（いわゆる蜜源植物）。

三丁目の紙パルプ会館の屋上にミツバチがいると話題になったが、このリンデンの花で蜜を吸うのかもしれない。

ケヤキ並木の晴海通り、イチイが植えられた中央通り、柳の並木の外堀通り、リンデンの並木通り。それだけではない。銀座を歩くとさらに小さな通りにも緑が多いことに驚く。こんなところにも並木があるのかとうれしくなる。

銀座には晴海通りに平行する形で東西に走る通りが多いが、そこはほとんど並木道になっている。角に資生堂がある花椿通りにはハナミズキが植えられている。面白いのは、この通りが中央通りと交差する角には、島根県の出雲市から贈られたというヤブツバキがあること。江戸時代、このあたりが作られた時、その普請（工事）には出雲から来た大工たちが関わった。その縁で出雲市からツバキが贈られたという。

ハナミズキは松屋通りにも植えられている。この木は戦後、日本で人気が出た。花と見えるのは実は、花を包む苞《ほう》だという。

「巴里のマロニエ　銀座の柳」と歌われたマロニエの並木道もきちんとある。プランタンの横から松屋横に向かう、その名も銀座マロニエ通り。ここも花の咲く五月頃に、歩くのは楽しい。

本当に銀座には緑が多い。しかも、歩いていてそれと気がつかないほど普通にあるのが素晴らしい。気がついたらそこに緑がある。

六丁目の交詢社通りはトウカエデの並木。この木は冬、他の木が葉を落とした十二月にもまだ葉をつけている。

銀座の木で面白いのがある。

みゆき通りに植えられている。ヒトツバタゴという。といっても一般には分からない。通称のほうが知られている。ナンジャモンジャ。その土地で珍しい木のことをいう。みゆき通りというおしゃれな通りにナンジャモンジャがあるとは面白い。

銀座のそばにはもうひとつ、大きな緑がある。言うまでもなく皇居。四丁目の交差点から歩いて十分足らずで美しいお堀と緑を見ることが出来る。

路地の魅惑

名前は伏せるが、並木通りからひとつ路地に入った奥にSという古い、いい居酒屋がある。厚い白木の机が並び、壁には品書が並ぶ。カウンターがあるからひとりでも入ることが出来る。湯豆腐や刺身を肴に静かに酒を楽しめる。

雰囲気も味も値段も、よくぞ銀座にこんな店がとうれしくなる。

一九八〇年代までは、この路地の角に並木座という、小津安二郎や成瀬巳喜男など古い日本映画の上映で知られた名画座があり、よくそこで映画を見たあと路地の奥にあるこの店に立ち寄り、少時独酌、酒を楽しんだ。

このSの近く、やはり並木通りから一本入った路地には俳人の鈴木真砂女さんが開いた卯波という、文士たちに愛された店もあった。この路地の入り口には小さな稲荷とイチョウの木があり稲荷横丁と呼ばれ、卯波の他にもいい店が並んでいた。

路地の奥にいい店がある。福がある。

意外に思われるかもしれないが銀座には路地が多い。銀座八丁で五十五本もあるという。銀座の魅力は表通りにだけあるものではない。路地がしっかりと表通りを支えている。

七丁目、八丁目あたりには通り抜けの面白い路地もある。博品館の裏の金春通りなどそのひとつで、雨の日にはこういう路地から路地へと伝ってゆくと濡れずにすむ。

パリなどによくあるパッサージュ、あるいは京都の小路の雰囲気もある。こういう抜け道のように路地を知っていると銀座通になった気がする。まさに「奥を極める」。

有名なバー、ルパンも五丁目の路地にある。あのあたりは路地がいくつも続いていていてちょっとした迷路の面白さもある。よく銀座にこんなところが残っていると思う。

建築家の槇文彦さんは名著『見えがくれする都市――江戸から東京へ』（鹿島出版会、一九八〇年）のなかで、日本の都市の特色は奥へ、奥へとのびてゆくところにあるという面白い指摘をしている。西欧の都市は寺院のような中心を基本にして町が作られてゆくのに対し、日本の都市は逆に、奥へ、奥へとのびてゆく。そしていちばん奥に神社や稲荷があったりする。

西欧の広場に対応するものが日本の路地だろうか。並木通りに稲荷があったり、外堀通りに八官神社があったりするのはそのあらわれだろう。四丁目の路地に宝童稲荷があるのもそうだし、三越の屋上にかつては地上にあった出世地蔵があるのもそのヴァリエーションといえる。屋上はいわばもうひとつの路地である。

サルトルはパリとニューヨークの違いを次のように指摘したことがある。「パリの街は曲がったりもつれたりしている。曲がり角は秘密だらけだ。ニューヨークの街は一直線だから秘密は筒抜けになる。どこにもミステリーがない」

路地の良さも、直線にはないミステリーがあるところといえるだろうか。人間と同じで町も秘密めいたところがないと魅力がない。「ミステリアス」とは女優に対する最高の賛辞である。町にもそれはいえる。

小さな町や新しい町には路地がない。表通りしかない。そういう町は寂しい。歴史のある町ほど奥がのびてゆく。そこに飲食街が出来たり、市場が出来たりしてゆく。さらにその奥には神社や稲荷が出来て聖なる雰囲気が作られてゆく。

銀座はバーのイメージが強いが、Sをはじめ案外、いい大衆居酒屋が多い。それはたいてい路地にある。そういう店に入る時は「奥にもぐりこむ」という感じになる。

八丁目の路地にあるTといういい居酒屋はまさに「もぐりこむ店」だ。そういう店は客をいい意味で放っておいてくれる。ひとりにしてくれる。「孤独を楽しめる」のが都市の最高の、そしてひそかな良さになる。

新聞社が多かった頃

現在はもうその面影は薄れているが、昭和三十年代の銀座から有楽町にかけては新聞社の町だった。現在、マリオンがあるところには朝日新聞社、プランタンのあるところには読売新聞社、そして有楽町駅の皇居側、新有楽町ビルのところには毎日新聞社、と三大紙がこの町に揃っていた。

他にも各地方紙の東京支社があり、町にはジャーナリストの活気があふれていた。ロンドンの新聞街にあやかって「日本のフリート・ストリート」とか、刷り立ての新聞の匂いがするので「インク街」とも呼ばれた。

昭和二十六年（一九五一）に出版された木村毅編『東京案内記』（黄土社書店）にはこうある。「官庁に近く、駅に近いという立地条件が新聞街としての有楽町を生んだ」「社旗をひるがえしてここから自動車があわただしく飛びだしていく時は、人人は何か事件があったなと感づき、有楽町全体がざわめいてくる。オートバイが飛び、輪転機がうなり、やがて号外売の鈴の音が四方へとび散って行く。夜は電光ニュースがまたたき明日の天気まで知らせてくれる」

明治時代からすでに銀座界隈には新聞社が多かった。明治四十二年（一九〇九）に石川啄木は朝日新聞に校正係として採用され、夏目漱石の連載小説『門』などの校正をした。

当時、朝日新聞社があった場所は瀧山町、現在の銀座六丁目で、ここにはいま啄木の歌「京橋の瀧山町の新聞社灯ともる頃のいそがしさかな」が記された碑がある。

関東大震災によってこの建物は被害を受けたため、その後、帝都復興のさなかの昭和二年（一九二七）に、現在マリオンのあるところに新社屋を建てた。のちに埋立てられてしまった外濠川に沿っていたため水に浮かぶ船のように華麗に見えた。昭和十六年（一九四一）の映画、石川達三のベストセラーを原作にした、今井正監督『結婚の生態』では夏川大二郎演じる主人公（恋人の原節子と結ばれる）が新聞記者で、冒頭、この外濠川に沿った朝日新聞社の建物が画面いっぱいに映し出される。隣りの日劇、外濠川に架かる数寄屋橋と並んで有楽町のランドマークだったことがわかる。

個人的なことになるが、私は昭和四十四年（一九六九）に有楽町の朝日新聞社に入社した。このモダン都市東京を代表する建物に勤務するのは誇らしかった（当時、もうかなり老朽化していたが）。

朝日新聞社を追うように昭和十三年（一九三八）に毎日新聞社が（当時は東京日日新聞）、昭和十四年には読売新聞社が、それぞれ前述の地に新社屋を建て、有楽町界隈は新聞社街として活気づいていった。それは戦後も引きつがれてゆく。

昭和二十八年（一九五三）公開の映画、川島雄三監督『新東京行進曲』は、銀座の泰明小学校出身の若者たちを描いているが、そのなかの一人、高橋貞二は毎日新聞の記者という設定。カメラはしばしば新聞社を出入りする車をとらえる。当時の活気がうかがえる。

有楽町駅の銀座側、現在、交通会館があるあたりは昭和三十年代、「すし屋横丁」と呼ばれる小さな飲食店が並ぶにぎやかな一画があり、ここは各新聞社で働く記者たちのたまり場だった。

私が入社した当時は再開発で姿を消していたが、それでも交通会館の地下街は「すし屋横丁」の雰囲気を残していて、よく先輩記者に連れて行ってもらった。

交通会館のそばにあったビア・レストラン「レバンテ」（現在は東京国際フォーラムのなかに移った）も新聞記者のたまり場で、朝日新聞社の広告部で働いていた松本清張もよく利用したのだろう、一躍その名を高めた『点と線』のなかで「レバンテ」を登場させている。

学生時代は銀座は格式が高く、近づき難かったが、有楽町の朝日新聞社に入ってから、銀座が身近になった。映画を見たり、居酒屋で酒を飲んだりした。あの頃が懐かしい。

江戸の地名がいまも

二〇一三年の四月、歌舞伎座が新装開場したが、この劇場があるところは現在は銀座四丁目になっているが、戦後、昭和三十年代なかば頃までは木挽町《こびきちょう》といわれていた。

江戸時代から続く町名で、昔からの銀座っ子はいまでも「木挽町の歌舞伎座」といったりする。江戸城修築の折り、木挽職人が多く住んだためその名が付いたという。

「木挽町」の名はいまも銀座に残っている。歌舞伎座の裏には木挽町医院があるし、昭和通りに沿って木挽町通りもある。

松坂屋の裏の交差点の名は木挽橋になっている。昭和二十年代まで中央通りと昭和通りのあいだには三十間堀川という掘割があって、そこに架かっていた橋の名残である。

この松坂屋の裏は銀座には珍しい公衆便所があるのだが、面白いことにそこには元木挽橋際公衆便所と書かれている。

「木挽」という昔ながらの言葉（木を大きな鋸《のこぎり》で引いて材木にする）を地元の人が大事にしていることが分かる。


銀座には金春《こんぱる》という古い町名もまだ残っている。いちばんよく知られているのは八丁目にある銭湯、金春湯だろう。ビルのなかとはいえ銀座にいまも銭湯があるのに驚かされるが、その名が金春湯と古い言葉を使っているのは貴重。

金春湯のある通りは金春通りだし、その通りには金春ビルという建物もある。金春とは、江戸時代の幕府直属の能役者、あるいはその流派の名で、現在の銀座八丁目あたりに金春屋敷があったので、金春の町名が付いた。

江戸時代から明治のはじめまで金春の町名が残っていた。そして明治に入って、柳橋に対抗して新橋駅の近くに花街が作られてゆき、金春には芸者が多く住むようになった。いわゆる金春芸者である。現在でも金春通り界隈はどこか粋な感じが残っているが、これは金春芸者の名残といっていい。

ラジオドラマ、のちに映画になった『君の名は』で全国に知られるようになった数寄屋橋は、ＪＲ

の鉄道に沿うように流れていた外濠川に架かっていた橋のことだが、川が埋立てられ、橋がなくなったいまも、その名は数寄屋橋交差点、数寄屋橋公園に残っている。木挽橋の名が交差点に付けられているのと同じ。

銀座は戦後、昭和二十年代まで東西南北四方を掘割に囲まれていた一種の島だった。堀には随所に橋が架けられていた。

掘割が埋立てられ、橋はなくなったが、数寄屋橋や木挽橋と同じように、交差点にその名が残っていることが多い。

例えば、外堀通りのプランタンの近くの有楽橋、昭和通りと晴海通りが交差する三原橋、歌舞伎座の築地寄りの万年橋（東と西）、新橋演舞場近くの采女橋《うねめばし》、銀座八丁目の銀座国際ホテルの近くの難波橋など、それぞれ外濠川、三十間堀川、築地川、汐留川に架かっていた橋の名を残している。

町名は変わってしまったが、思わぬところに江戸の香りを残す名が付けられている。時代の最先端をゆく町が、他方で古い地名、町名、橋の名を残している。

銀座の真中の四丁目の交差点は、尾張町にあったので長く尾張町の交差点と呼ばれていた。町を作った大名の国名によるらしい。昭和の東京っ子のあいだには「尾張町の交差点」がまだ生きていた。

昭和十二年に発表された永井荷風の『濹東綺譚』にはちゃんと「銀座尾張町の四ツ角」とある。幸田文の随筆を読んでも「尾張町の交差点」と書かれている。

さすがに現在ではもう「尾張町」の名は消えている。と思っていたら銀座六丁目に最近出来たビルに「尾張町タワー」とあった。昭和の残り香が感じられる。いいことだ。

デパートが輝いていた

銀座の松坂屋デパートが閉館した。

デパートに行くのが「楽しいおでかけ」だった世代としては寂しい。

銀座にデパートが出来るようになったのは大正十二年（一九二三）の関東大震災のあと。銀座は震災後、近代的な建物が並ぶモダン都市に生まれ変わるのだが、それを牽引したのがデパートだった。

デパートは客が店のなかに自由に入るのを許した。開かれた空間であるのが特色だった。

だから昭和六年（一九三一）に出版された安藤更生の『銀座細見』には、銀座のデパートにはトイレを借用するだけの客もいる、毎朝、歯磨きと朝刊を持ってトイレに行く客までいると書かれている。デパートはそれだけ代的な開かれた店舗、町のなかのもうひとつの町だった。

銀座は戦後、戦災からいち早く立ち直ったが、その復興を牽引したのもやはりデパートだった。

昭和二十八年（一九五三）に公開された小津安二郎監督の名作『東京物語』には、嫁の原節子が、尾道から東京に出て来た亡夫の両親（笠智衆、東山千栄子）を銀座に案内する場面がある。どこに連れてゆくのか見ていると松屋。

屋上から東京の町を見せる。まだ高い建物の少なかった銀座では、デパートの屋上が絶好の展望台になった。

銀座の主だったいくつかの建物は占領下（オキュパイド・ジャパン）には米軍に接収されていた。松屋もそのひとつ。それが昭和二十七年（一九五二）の対日講和条約発効によってようやく解除された。松屋はそれを機に建物を新しくした。『東京物語』に登場する松屋はその新装なった建物。この場面は、いわば、銀座の新しい始まりをあらわしている。だから明るい。

昭和三十年代の高度経済成長期、やはり銀座の主役はデパートだった。だからこの時代の映画にはよく銀座のデパートが登場する。

美空ひばり、江利チエミ、雪村いづみ主演の『ロマンス娘』（一九五六年、杉江敏男監督）では女子大生の三人娘が、夏休みに松坂屋でアルバイトをする。当時、デパートでのアルバイトは学生に人気があった。

三人は釣銭を間違えた客の家まで行って金を返す。それが新聞に美談として取り上げられ、上司から誉められる。デパートのよき時代をあらわしている。

松坂屋は、成瀬巳喜男監督の、子供を主人公にした佳作『秋立ちぬ』（一九六〇年）にも登場している。信州から出て来て、銀座近くで八百屋を営む伯父さんの家に預けられた小学生の男の子（大沢健三郎）が、近所に住む女の子（一木双葉）と仲良くなる。夏のある日、男の子が「海を見たい」というと、女の子は、それじゃあ、と連れて行く。どこに行くのか見ていると、松坂屋の屋上。

屋上からはすぐ近くに東京湾が見える！　まだ高い建物が少なかったこの時代、銀座から東京湾は近かった。この女の子はよく松坂屋に遊びに来るらしく、得意になって男の子を案内する。町っ子にとってはデパートが遊び場だった。

蔵原惟繕監督の青春映画の佳作『銀座の恋の物語』（一九六二年）では、築地に住む画家の卵、石原裕次郎が、洋裁店で働く「お針子さん」の浅丘ルリ子と親しくなる。

ある夜、「いいとこに連れて行ってやる」と、浅丘ルリ子を連れてゆくのは夜の三越屋上。

そこから見下ろす銀座にはネオンが輝いている。高度経済成長時代、まだ世の中は明るく希望にあふれていた。

復興は食から

銀座に飲食店が増えたのは、関東大震災のあと、東京が復興してゆく、いわゆる帝都復興の時代。

昭和二年（一九二七）に出版された松崎天民の『銀座』にこうある。

「関東大震災後『東京の復興は飲食物より』と思わせたほど、市内の何処《どこ》へ行っても、先《ま》ず第一に店を開いたのは、カフェーや小料理店や、おでん屋や寿司屋の類であった」

震災後の混乱のなかで飲食店がまず店を開いた。手っとり早く開けたし、何よりも市民に必要とされた。島崎藤村に『食堂』（一九二七年）という短篇がある。香や扇子、筆墨などを扱う京橋の老舗が震災で痛手を受ける。旧世代の親は気力を失うが、息子は混乱のなかでなんとか元気に、新しい商売を始める。

それが食堂。にわか普請の粗末な店だが、思いのほか繁盛する。なぜか。こう説明されている。

「（震災によって）今は寄席も焼け、芝居も焼けたでしょう。娯楽という娯楽の機関は何もない時です。食物より外《ほか》に誰も楽しみがない。そこでこんな食堂ならば、まあ成り立つというものです」

三・一一のあと、岩波文庫で水上瀧太郎の小説『銀座復興』（一九三一年）が復刻された。関東大震災で焼野原になった銀座の町で、まっさきに店を再開させた気力ある飲み屋を描いている。トタン屋根の小屋のような店だったが、そこにともったランプの灯が市民を喜ばせた。店には「復興の魁《さきがけ》は料理にあり」と貼紙が出された。よく知られているように、この店のモデルは、現在も松屋の裏手にある小料理店、「はち巻岡田」。

この店に引っぱられるように飲食店が店を開き始め、銀座は復興していった。

帝都復興は早く、昭和五年（一九三〇）には帝都復興祭が行われる。銀座はデパートが並び、地下鉄が走り、自動車が行き交うモダン都市に変貌した。

そのなかで飲食店が急増していった。

震災後、郊外に住むようになった中産階級の家族が、日曜日に、銀座のデパートや名店に出かけてゆく（いわゆる「おでかけ」）。これによって外食が普及してゆく。デパートの食堂は家族連れでにぎわう。「お子様ランチ」が登場するのはこの頃。

外食がさかんになったためだろう、いまで言うグルメ・ガイドも出版されるようになる。手元に、昭和八年（一九三三）に出版された、白木正光編『大東京うまいもの食べある記』（丸ノ内出版社）という本があるが、これなどグルメ・ガイドのさきがけといっていいだろう。

飲食店が増えていったことには小さな工夫が役立った。

現在では当り前になっている、ショウウィンドウでの食品展示。大阪で始められたものが東京でも広まった。

デパートがまっさきに取り入れた。店頭に料理のサンプルを置き、値段を明示した。これは画期的な商法で、家族連れ、とりわけ主婦が子供を連れてデパートの食堂に入りやすくなった。値段が明示されていれば、あらかじめ予算をたてることが出来る。

永井荷風は日記『断腸亭日乗』で、昭和十年（一九三五）七月三日に、三越などのデパートに「食物陳列」があらわれたことを記している。

震災後の新しい商法だという。デパートの食堂から始まり、いまでは、そば屋や汁粉屋にも及んでいるとしている。

汁粉屋といえば、銀座の甘味処、若松があんみつを売り出したのも震災後のこと。たちまち女性たちの人気を呼んだ。

昭和十五年（一九四〇）の映画、清水宏監督の『信子』に、女学校の先生、高峰三枝子が銀座であんみつを食べる場面があるが、飲食店の増加は、女性の社会進出も大きな要因だった。いまでいうキャリアウーマンたちが、銀座に出て食事を楽しむようになった。

日本一の画廊の町

銀座には大きな美術館はないが、そのかわり画廊が多い。通りを歩くとどこかに必ず画廊がある。正確な数は分らないが、その数は三百から四百ぐらいという。日本一の画廊の町といえるだろう。数が多いうえに、気楽に入れる小さな画廊が多い。通りすがりに、知らない画家の個展にぶらっと入ることが出来る。美術散歩を楽しめる。こんな「美術の町」は他にはないのではないか。

芥川賞受賞作『草のつるぎ』や『諫早菖蒲日記』で知られる作家の野呂邦暢は長崎県の諫早に住んだ。長崎市までバスで一時間かからない。銀座にあるものはたいてい長崎でも手に入れることが出来る。「しかし、長崎に無いものが銀座にある」とエッセイ「列車が出るまで」（『王国そして地図』集英社、一九七七年）で書いている。

何か。「大小の画廊である」。長崎にも画廊が五、六軒あるが、それだけではあるとはいえない。「銀座のように限られた一画に密集していなければ、あるとはいえない」

野呂邦暢は東京に出てくると銀座の画廊を歩くのを楽しみにした。「私が東京を意識するのは銀座。画廊を渡りあるいているときである」「外がどんなに騒がしくても、ガラスの扉をあけて一歩、画廊に踏み込むとそこには別世界がある」

東京の人間は案外、銀座に画廊が多いことに気づかない。その贅沢を地方に住んだ作家に教えられる。野呂邦暢が「画廊を渡りあるいている」と書いているように、銀座では画廊のはしごを楽しむことも出来る。

戦前の銀座にすでに画廊はあった。

原節子が主演した『結婚の生態』という昭和十六年（一九四一）の映画では、東京のお嬢さん、原節子が、新聞記者の夏川大二郎と結婚する物語で、夏川が働く新聞社は当時有楽町にあった朝日新聞社がモデルになっている。ある日、記者の夏川大二郎は、近くの銀座の画廊で開かれている現代画家の個展を見に行く。そこで原節子と知り合う。

銀座の画廊が二人の恋愛の始まりになった。昭和十六年の話だから、画廊で始まる恋とは、モダンだったといえるだろう。


銀座に画廊が出来たのはいつごろか。

銀座の画廊の草分けとされる日動画廊の創業者、長谷川仁の自伝『へそ人生――画廊一代記』（読売新聞社、一九七四年）によると、長谷川仁は昭和六年（一九三一）に日動画廊を開いたという（日動画廊の前身「大雅城」が誕生したのは昭和六年とのこと）。

洋画を扱うのは、当時、新しかったという。冒険だった。それまで洋画商そのものが存在しなかった。日本画なら「骨董屋出の書画屋」がいた。それに比べ、洋画にはまだ、市場はなかった。日動画廊はまったく新しい洋画の世界を切り開いた。

これには関東大震災後の、生活の洋風化が大きな要因になった。

日本家屋には洋画は似合わない。洋間があって初めて洋画が飾られる。震災後、東京郊外に住宅地が開けた。そこには和洋折衷の文化住宅が生まれた。洋画普及の下地が出来た。

中島京子原作、山田洋次監督の『小さいおうち』（二〇一三年）は震災後に開けてゆく東京郊外（大田区の雪ヶ谷あたり）の文化住宅を舞台にしているが、この家の洋間にはマリー・ローランサンの絵が掛かっている。

モダンである。おそらく銀座の画廊から購入したのだろう。

銀座は本当に、町全体が美術館だと思う。画廊だけではない。和光のショウウィンドウのディスプレイはいつ見ても目を奪われる。ミキモトの正面も素晴らしい。

表通りだけではない。日比谷や築地に通じる地下道にはよくアマチュアの絵が展示されている。これを見ながら歩くのも楽しい。

「空にゃ今日もアドバルン」

いまではもうほとんど見ることができないが、昭和の銀座の空にはよくアドバルーンが浮かんでいて銀座風物になっていた。

昭和に活躍した洋画家、鈴木信太郎に「東京の空」という面白い絵がある。昭和六年（一九三一）の作品で、外濠川、数寄屋橋、泰明小学校を中心に、銀座から新橋方面の風景が描かれている。

銀座が関東大震災のあとモダン都市として復興してゆくころで、泰明小学校が新しい建物に生まれ変ったのが昭和四年（一九二九）。この昭和モダンの校舎はいまも健在でビルが立ち並ぶ町のなかで瀟洒な、懐かしい姿を見せている。

鈴木信太郎がこの絵を描いた場所は、当時、数寄屋橋の脇にあった朝日新聞の五階あたり。朝日の建物も昭和二年（一九二七）に新しく建てられたばかり。銀座の町を愛した鈴木信太郎は、復興してゆく銀座をとらえるために朝日の一室を借りて「東京の空」を描いた。

この絵は「空」と題にあるように絵の半分近くを空が占める。そしてその空には大きなアドバルーンが五つも浮かんでいる。昭和のはじめの銀座にこんなにたくさんのアドバルーンがあったとは。

アドバルーンは明治末に日本で生まれたという。当初は広告気球といっていたが、昭和になってアドバルーンといわれるようになった。advertisement の ad と balloon を付けた和製英語である。

昭和十一年（一九三六）のヒット曲「ああそれなのに」（星野貞志作詞、古賀政男作曲、美ち奴歌）は会社勤めの夫を待つ妻の心を歌った甘い歌だが、冒頭にこうある。

「空にゃ今日もアドバルン」

夫は銀座あたりの会社に勤めているのだろうか。アドバルーンがこのころにはもう都市風景のなかに溶けこんでいる。

『あぁそれなのに』より前、昭和六年（一九三一）に永井荷風が『中央公論』に発表した『つゆのあとさき』にもアドバルーンの浮かぶ銀座が書かれている。君江という銀座のカフェで働く恋多き女給を主人公にしているが、君江は働きに出る時に、有楽町の方から数寄屋橋を渡り、銀座に入る。

「数寄屋橋《すきやばし》のたもとへ来かかると、朝日新聞社を始め、おちこちの高い屋根の上から広告の軽気球があがっているので、立留《たちどま》る気もなく立留って空を見上げた」とある。

「広告の軽気球」はいうまでもなくアドバルーンのこと。鈴木信太郎が「東京の空」で描いた銀座のアドバルーンを荷風の小説の主人公も見上げている。

戦後もまたアドバルーンは銀座の空に復活する。空襲で大きな被害を受けたあと復興してゆく東京を描いた昭和二十八年（一九五三）の映画、川島雄三監督『新東京行進曲』には、戦前、泰明小学校を卒業し、戦後、大人になって朝日新聞の記者になった主人公（高橋貞二）が、久しぶりに母校を訪れ、屋上から銀座の町を見る場面がある。

空にはアドバルーンがいくつも上がっている。広告のための軽気球が復活している。銀座が着実に戦後復興していることがわかる。

高度経済成長のとば口にあたる昭和三十一年（一九五六）の映画、石坂洋次郎原作、田坂具隆監督の『乳母車』では、大学生の石原裕次郎が日本橋の高島屋の屋上でアドバルーンを上げ下げするアルバイトをしている。アドバルーンを上げる事業主は、デパートや映画館が多かった。

昭和四十年代に入ってからもまだ銀座にはアドバルーンはあった。

直木賞作家、松井今朝子の回想記『師父の遺言』（NHK出版、二〇一四年）によると、松井さんは、大学院の学生だったころ、銀座の小さな広告代理店でアルバイトをしていた。よく銀座の町を歩いた。

「当時はまだ銀座の空にもアドバルーンが浮かんでいたのを想い出すのは、私がその業者とのやりとりをしていたからだ」

アドバルーンがきちんと上がっているのを確認するのが仕事のひとつだった。しかし、そのころから高い建物が増え、それにさえぎられて確認するのが難しくなり、やがて、広告媒体としての役割を終えていったという。

いま銀座の空にアドバルーンはない。

花街の香り

銀座が新宿や渋谷などの新しい盛り場と違う特色のひとつは和の店が多いことだろう。呉服店をはじめ小間物屋、和紙の店、和菓子屋、さらに足袋の専門店もある。だから銀座は、着物姿の女性が多い。新宿や渋谷、池袋などで着物姿を見ることは稀なのと対照的で、それが銀座のよさになっている。大人の町といわれるゆえんだろう。

和の店が多い。これはまず歌舞伎座があるためだろう。歌舞伎座の役者や関係者が銀座に多いだけではなく、歌舞伎を見に来る客も和好みになる。現在、着物を着ておでかけする場合、もっとも出かけやすい場所は歌舞伎座ではないか。新橋演舞場があるのも大きい。

もうひとつ。銀座に和の店が多いのは、銀座がまだかろうじて花街《かがい》のおもかげを残しているためだろう。粋筋の女性が多い。銀座にはいまも金田中《かねたなか》のような高級料亭がある。築地には芥川賞、直木賞の選考会が開かれるので知られる新喜楽がある。

かつて「二橋《にきょう》」といった。東京の格式の高い二大花街のことで、ひとつが柳橋、もうひとつが新橋。合わせて二橋。

柳橋は江戸時代から栄えた花街で、現在でいえば総武線の浅草橋駅近く。隅田川の両国橋に近い。一方の新橋は、新橋、銀座、築地界隈をさす。

柳橋が江戸時代から続くいわば老舗なのに対し、新橋の花街は幕末に開け、明治になってにぎやかになった。明治五年（一八七二）に日本最初の鉄道が走った新橋駅が開設したことが大きい。駅の近く、築地や日比谷あたりに次々に官庁が作られた。政府高官らが遊ぶ場所として新しい新橋の花柳界が栄えていった。

明治以後、「菊は栄え、葵は枯れる」といわれたように、天皇を頂点とする新政府が権力を持つと、徳川幕府の力は衰えた。「二橋」といわれながら、柳橋は枯れ、新橋が栄えていった（現在、柳橋の花街はもうない）。

永井荷風は若き日、明治末から大正にかけて、ここでよく遊び、花柳小説『新橋夜話』や『腕くらべ』を書いた。花柳界の暮らしに憧れ、現在の歌舞伎座の近く（当時の木挽町）に部屋を借りた。三味線を習ったり、芸者たちと日常的に親しくしたりした。

木挽町（現在の銀座七丁目）は花柳界の中心地だった。大正九年（一九二〇）に木挽町の和菓子屋に生まれた元朝日新聞記者の水原孝は回想記『私の銀座昭和史』（泰流社、一九八八年）のなかで、昭和のはじめ、木挽町界隈は「待合（料亭）が軒をならべ、政府の高官や財界人を迎えていた」と書いている。

花街は、芸者置屋、待合、料理屋の三業からなる。水原孝によれば、芸者置屋が多かったのは銀座六丁目あたりで、夕暮れどきになると、置屋から「新橋芸者」が人力車に乗って木挽町や築地の待合に出かけたという。「絵になる風景だった」

昭和三十七年（一九六二）に公開された石原裕次郎主演の日活映画『銀座の恋の物語』には、冒頭に面白い場面がある。画家の卵の裕次郎は、銀座で人力車を曳くアルバイトをしている。早朝、四丁目の交差点で若い芸者を車に乗せて、築地川方面へ走る。まさに「絵になる風景」。

築地川（いまは埋立てられて高速道路になっている）に面して新橋演舞場がある。現在は歌舞伎座と同じように演劇の劇場だが、大正十四年（一九二五）に開館した時は、新橋芸者の「東をどり」の演舞場として発足した。ここにも花街としての銀座の名残がある。

現在、料亭を利用出来るのはよほど裕福な粋人だけだろう。恥ずかしい話だが、私などではあまりに世界が違いすぎてほとんど縁がない。

ただ、年に一度だけ、芸者さんと差し向かいになる時がある。選考委員をつとめているある文学賞の選考会が築地の新喜楽で開かれる。そこで芸者さんに会うのだが、不粋者ではどう接したらいいか分からず、戸惑うばかり。

多摩で育った新しい子供たち

――二〇一五年四月

『耳をすませば』は、それと明示されていないが東京の西、多摩市周辺を舞台にしている。多摩川と思われる大きな川が流れ、京王線と思われる電車が走る。駅がふたつ出てくる。ひとつは、まだ昔ながらの地上を走る電車の駅。おそらく急行はとまらない。駅の近くに踏切がある。ローカル電車のよう。駅の周辺は小さな商店街があるだけ。

もうひとつは、高架の大きな駅。周辺にはビルが建つ。商店街もにぎやかで人も車も多い。このあたりの中心地のようだ。

主人公の中学三年生、月島雫《しずく》の住む団地は小さな駅のほうに近い。学校や図書館は大きな駅のほうにある。雫は、小さな駅で電車に乗り、大きな駅で降り、図書館に行く。

小さな駅は「向原」、大きな駅は「杉の宮」と架空の名前になっている。しかし、走っている電車は明らかに京王線と分かるし、「杉の宮」は、形から見て、京王線の聖蹟桜ヶ丘駅だろう。

この駅は、新宿発の高尾線に向かう京王線の電車が、調布、府中を過ぎ、多摩川を渡ったすぐのところに位置する。一九六九年に改築され、現在の高架の駅になった。駅近くに京王電鉄の本社がある。多摩地区の玄関口である。

現在、駅前には、ここが『耳をすませば』の舞台のモデルになった町という案内板が建てられている。もうひとつの小さな駅のほうは、おそらく聖蹟桜ヶ丘から高尾に向かってひとつ先の百草園駅がモデルだろう。

雫の生活圏は、このふたつの駅を中心にしている。東京の新しい郊外住宅地である。どちらの駅も近くに大きな団地を抱えている。雫はそのなかのひとつに住む。「団地の子供」である。

雫が通う学校や図書館は、多摩市にあると思われる。多摩市の成立は一九七一年と新しい。かつては多摩丘陵地帯だったところに団地や戸建ての住宅が次々に建てられてゆき、人口が急速に増えた。

その結果、多摩市が誕生した。

『耳をすませば』は一九九五年に作られている。まだ携帯電話は普及していない。雫は友人と家の固定電話で話をする。父親が働く市立図書館では、それまでの貸出しカード式から現在のバーコード式に合理化しようとしている。一九九五年は、ＩＴ時代がまさに始まろうとしている年と言えよう。

この時点で、雫は中学三年生だから十五歳くらいになる。大学生の姉がいる。四人家族。両親はおそらく東京の二十三区内のどこかで結婚し、七〇年代に多摩の団地に移ってきた。現在ではその輝きを失いつつあるが、当時、住宅難の東京では、団地は小市民の憧れの住宅だった。姉がどこで生まれたかは分からないが、雫は、いまの団地のある町が自分の「故郷」と言っているから、団地で生まれたのは間違いないだろう。

新しい東京っ子である。二十三区内の外側に広がってゆく郊外で生まれ育っている。

人工的につくられた町に生まれて

東京は西へ、西へと発展している。

大正十二年の関東大震災によって市中が大きな被害を受けたことで、被害の少なかった西への人口の移動が始まった。

その結果、昭和のはじめには、現在の世田谷区、杉並区、目黒区などが誕生した。

戦後、さらに東京は西へ発展してゆく。

一九九一年に、東京都庁の庁舎が、丸の内から西の新宿へ移転したことが、東京の町の西への拡大をよくあらわしている。

雫の故郷である多摩地区が発展してゆくのは、東京オリンピックが開催された一九六四年前後から。一九六六年には、多摩開発の核となる多摩ニュータウンの大規模な団地の建設が始まっている。緑豊かな丘陵地帯が住宅地に開発されてゆく。

雫は、ジョン・デンヴァーの『カントリー・ロード』の歌詞を日本語に訳すが、その時、戯れに「コンクリートロード」という替え歌を作る。

自分の故郷は「ウエスト東京」の「マウント多摩」であり、そこは、「森をきり、谷をうめ」て作り上げた人工の町であると、自嘲している。人が集まってきて自然に町が出来たのではなく、町が作られ、人が集まった。本当の「故郷」とは言いがたい。

たとえば、『となりのトトロ』(一九八八年)の家族が移り住む、昭和三十年代のまだ都市開発されていない所沢あたりの農村とも、『おもひでぽろぽろ』（一九九一年）のベニバナが栽培されている山形県の農村ともまるで違う。農村だったところ、森だったところを開発して団地や住宅を作っていった。人工的なニュータウンである。

雫は、その事実を知っている。だから替え歌のなかで「森をきり、谷をうめ」と自嘲する。自分の故郷は、自然を開発することによって作られた。唱歌の「故郷《ふるさと》」で歌われている「兎追いしかの山、小鮒釣りしかの川」の世界とはまるで違う。

スタジオジブリでは『耳をすませば』の前に『平成狸合戦ぽんぽこ』（一九九四年）を作っている。多摩丘陵の自然が破壊されてゆく。緑豊かな里山がブルドーザーで壊わされ、大きな団地が造られてゆく。森に住むタヌキたちがなんとか森を守ろうとするが、開発の力は圧倒的に大きい。

図書館で本を読むのが好きな雫が、この、自分の住む町の歴史を知らない筈はない。わがスイートホームは「森をきり、谷をうめ」て作った団地である。

「団地の子供」の悲しい思いである。

人間は自然を壊わした。動物たちを追い出した。そのあとに町を作った。自分はそこに住んでいる。

しかし、誰が雫を責められよう。

人間はそうやって町を、家を作ってきた。

東京の悲しい歴である。『平成狸合戦ぽんぽこ』のなかでは、タヌキがナレーションで、多摩ニュータウンについてこう語る。

「山林の木々を切り払い、山を削り、起伏をならし、田畑を埋め、昔からの家屋敷をつぶし、多摩丘陵の山容を完全に変貌させて、巨大な造成地をつくりだし、その上に緑とゆとりの一大ベッドタウンを建設するという……」

人間の暮しは、自然を壊わすことによって成り立っている。

新しい〈故郷〉像

自分の住む町は、緑の森を切り開き、谷を埋めて作られた人工の町だ。それはよく分かっている。しかし、それだからと言って、雫は自分の町を否定するのではない。「コンクリートロード」と自嘲する一方で、雫は町を愛している。坂が多い。坂の上にあがれば遠く東京の町が見通せる。学校の屋上からは雨があがったあとの空に虹が見える。町の小道を猫が歩いている。丘の上には思いがけずアンティークの店がある。

雫はこの町こそ、かけがえのない自分の町だと思い定めている。東京の新しい郊外住宅地に生まれ育った子供の覚悟のようなものだ。

人間が多い町に住む以上、自然に対して加害者であることを思い知らされる。それは自覚しなければならない。

よく「マンション建設反対」の運動が起る。これがどうしてもうまくゆかないのは、反対運動をする住民たちも、かつては自然を壊わして作られた家に住んでいるから。先に町に住んでいる者が、あとから住もうとする者の家を忌避する。これでは迫力がない。

京王線の聖蹟桜ヶ丘駅のあたりは、かつて自然の豊かなところだった。明治天皇は、冬はウサギ狩りに、夏にはアユ漁に来遊した。昭和のはじめにその事蹟を記念するために、桜ヶ丘の山上に多摩聖蹟記念館が建てられた。それに伴い駅名もそれまでの関戸から現在の聖蹟桜ヶ丘に変わった（駅の開設は、一九二五年〈大正十四年〉）。

このあたりは昭和三十年代までもハイキングや遠足の場所として知られた。当時はタヌキもたくさんいただろう。それが前述したように、東京オリンピックの頃から急速な開発が進められていった。人工的に作られた町も、時がたち、人々の暮しが積み重ねられてゆくと、町としての美しさを見せてくる。

『耳をすませば』では、しばしば雫の視線になって丘の上から町全体を見下ろす絵があらわれる。電車が走る。川が流れている。坂道を中学生が歩く。川べりにはまだ農村だった頃の名残りか、わずかな水田も見える。

雫が訪れるようになる地球屋というアンティークの店の場所は、聖蹟桜ヶ丘の駅を降り、南へ進み、大栗川《おおぐりがわ》という多摩川に合流する町なかの川を渡り、いろは坂を登り切ったところにある、丸い広場のあたりから想を得ている。落着いた戸建て住宅が建ち並ぶ住宅街である。

地球屋の建物は、のちの『借りぐらしのアリエッティ』（二〇一〇年）に出てくるドールハウスのように見える。歴史の浅い町のなかにあるのにクラシックなたたずまいを見せている。雫が惹かれるのも当然だろう。雫は自分の町を歩き、それまで知らなかった場所を発見して、それまで以上に、「コンクリートロード」の町を好きになってゆく。「ウエスト東京」をわが町と思うようになってゆく。

最後が素晴しい。

雫は、イタリアのクレモナに行きヴァイオリンを作るのを夢見る同級生の聖司と知り合い、お互いに心惹かれるようになる。この少年も、雫と同じように新しく作られた町で育った。やはり町を愛している。

その朝、早く、聖司は雫に、見せたい風景があると、雫を自転車のうしろに乗せて丘の上へと走り出す。そして、自分だけの秘密の場所に行く。丘の上の一画。そこからは、自分たちの町が一望出来る。さらには向うに東京の高層ビルの群れも。朝もやのなかからゆっくりと眼下に東京の町が広がってゆく。

ここには確かに、新しい都市の風景が誕生している。

居酒屋文化から見える東京

――――二〇一三年一・二月

居酒屋は日本独特の庶民文化だろう。

フランスのカフェともイギリスのパブとも、あるいはイタリアのバールとも違う。酒と、豊富な酒の肴。どちらも値段は安い。コの字型のカウンターを中心にした店内は気取りがない。中高年の常連客で縁日のようなにぎわいを見せる。一人客でも歓迎してくれる。チェーン店とは違う。たいていは家族で切りまわしている。下町ほど数が多い。ビールよりチューハイやハイボールが好まれる。

居酒屋の特色、良さを挙げてゆくと切りがない。東京には本当に居酒屋が多い。東京の町の特色は電車の駅を中心に商店街が作られていることだが、そこにはたいてい居酒屋がある。夕暮れどきともなればおじさんの天国になる。

この居酒屋を愛する東京在住のアメリカ人の学者がいる。マイク・モラスキー。早稲田大学国際学術院教授。ジャズ好きでもあり自らピアノを弾く。『戦後日本のジャズ文化――映画・文学・アングラ』（青土社、二〇〇五年）では二〇〇六年度のサントリー学芸賞（社会・風俗部門）を受賞している。

『呑めば、都――居酒屋の東京』（筑摩書房、二〇一二年）は居酒屋讃歌、居酒屋文化論のユニークな力作。ちなみに『戦後日本のジャズ文化』同様、この本も日本語で書かれている。

モラスキー氏が留学生として来日したのは昭和五十一年（一九七六）。二十歳のころ。そのころからたちまち居酒屋に魅了された。

「ひとりで、まったく見知らぬ赤提灯ののれんをくぐることがひそかな趣味になった」

「あのような小ぢんまりした、人間味あふれるローカルな空間はアメリカの都会にはほとんど存在しないし、たちまち赤提灯の虜《とりこ》になった」

来日してはじめに住んだところは葛飾区のお花茶屋という東京の中心からはずれた新下町。京成電車のお花茶屋駅近く。幸い商店街にいい居酒屋があった。居酒屋の多い町として知られる立石にも近い。それで居酒屋の良さを知った。

といってもこの本はよくある居酒屋の紹介本ではない。副題は「東京の居酒屋」ではなく、あくまでも「居酒屋の東京」。「水の東京」というのと同じで、東京の町の比類ない魅力は居酒屋にあると言っている（うれしいではないか）。

さらに本書には大きな特色がある。

居酒屋だけではなく居酒屋がある町に着目していること。その結果、いい東京論になっている。著者はまず、はじめて足を踏み入れた町をくまなく歩く。町を充分歩いたうえで、ここぞと決めた居酒屋に入る。いっときその町の住人になる。

町歩きと呑み歩きが重なり合っている。

「とくに好きなのは、ひとりでなじみの薄い沿線の電車に乗り、降りたことのない駅の階段を下り、これという目的もなくその町をしばらく歩き回ってから、足の赴くまま鼻だけを頼りにいい呑み屋を嗅ぎつけることである」

「ひとりで」とあるのに注目したい。都市のなかで孤独を楽しんでいる。町歩きは東京が村社会を脱し近代都市になってゆくなかで大人の男によって楽しまれるようになったが（言うまでもなくその嚆矢は『日和下駄』を書いた永井荷風）、居酒屋とはそういう孤独を楽しみたい男たちの隠れ場所になる。

モラスキー氏が好んで歩く町は、銀座や新宿のようなにぎやかな町ではない。六本木のような派手な町でもない。浅草ですらない。

中央線沿線の西荻窪、北区の赤羽や十条、あるいは競馬場のある府中、競艇場のある平和島、かつて赤線のあった江東区の洲崎などなど、東京の中心からはずれたところが多い。吉祥寺や国立などおしゃれな町も歩くが、こういうところはいまひとつ氏の気分は盛り上がらない。

朝早くから開いている居酒屋がある赤羽や、はじめに住んだお花茶屋に近い新下町の立石に来ると生き生きとしてくる。

東京ではないが冒頭の、川崎市溝口の商店街を歩き、居酒屋にもぐりこむくだりは実に面白い。昔ながらの古ぼけた店が並ぶ「溝の口西口商店街」の会長が言う「（昔ながらの店は）立派だから残っているんじゃなくて、みすぼらしいから残っている」「貧乏根性というものが抜けない」という言葉を肯定的に受けとる（そう、モラスキーさん、溝口まで行ったら、少し足をのばして、下丸子駅前の三《さん》ちゃん食堂にぜひ入って下さい。素晴しい居酒屋です！）。

戦後の猥雑が覗く

著者が好きな町は整理整頓されたところではなく、雑多な要素がまじった、まさにモツ煮のようなところ。そして著者はそういうところでいい居酒屋を見つけているうちに、興味深いことに気づく。いい居酒屋が多い一画は、だいたい昔、赤線があったところか、戦後、闇市が作られたところ。たとえば立石には昭和三十年代まで赤線があったし、立川市の羽衣町も特飲街（特殊飲食店街）だった。闇市だったところが発展していまだにごちゃごちゃした（アジア的混沌！）活気ある雰囲気のある商店街になっているところも多い。

赤羽などいい例だろう。もうひとつ、中央線の町も、戦後、闇市のようなマーケットだったところが多い。現在では吉祥寺にわずかにその名残りをとどめているが、昭和三十年代も東京オリンピックの頃まで、中野、高円寺、阿佐谷、荻窪、西荻窪……と駅周辺にはマーケットがあり、郊外住宅地なのにまるで下町のように雑然としたにぎわいがあった。

戦時中、鉄道を空襲から守るために駅周辺の建物を強制的に取り壊した（いわゆる建物疎開）。戦後、空地となったその場所にさまざまな商店が建てられてゆき自然にマーケットが作られていった。駅周辺に、ごちゃごちゃした商店街が多いのはそのため。

モラスキー氏は心地よい居酒屋で一杯飲みながら、そういう町の歴史に気づいてゆく。凡百の居酒屋本にはない大きな特色。

ポスト・モダンといわれる東京だが、その古層には、戦後の闇市と赤線が見え隠れしている。居酒屋はその古層が感じられる貴重な場所ということになる。

フランスの映像作家クリス・マルケルに『サン・ソレイユ』（一九八二年）という素晴しい詩的ドキュメンタリーがある。

外国人の旅行者の目で東京をとらえている。

たとえば東京の下町には神社や寺が多い。東京は「祈る町」だという。電車に乗ると多くの乗客が座席で眠りこけている。さらに、クリス・マルケルもまた東京には、居酒屋が多いことに気づく。昼間は大きなビルで働いている会社員が夜になると、居酒屋にもぐりこむ。「東京は夜になると村になる」。駅周辺のごちゃごちゃした一画にある居酒屋はまさに大都市のなかの村ということになる。ポスト・モダンの都市の底にはモダンがあり、さらにはプレ・モダンがある。東京の懐の深さだろう。

居酒屋文化を醸成してきたもの

それにしても東京にはなぜこんなにも居酒屋が多いのだろう。そして居酒屋文化と言われるぐらいに成熟してきたのだろう。

ここからはモラスキー氏の本を少し離れて私見になる。

戦前の東京には、いまほど居酒屋は多くなかった。林芙美子の『放浪記』に「私」が浅草のどじょう屋で一杯飲むくだりがある。昭和のはじめ頃（女性が一人で酒を飲むとは凄いことだが）。だいたいこの時代は、外で飲むとなると、そば屋やどじょう屋といった、食べ物屋でだろう。永井荷風の『断腸亭日乗』を読んでもあれだけ町を歩いている人なのに居酒屋はまず出てない（荷風がそれほど酒飲みでなかったこともあるが）。戦前は、町に手頃な居酒屋がなかったのだろう。晩年、通うことになる市川の大黒屋も浅草のアリゾナキッチンも料理屋でありレストランである。

戦前もカフェや小料理屋はあったが、居酒屋が急速に増えるのは戦後になってからだろう。屋台や、小屋掛けの店から始まった。戦後の混乱期、飲み屋は、たいした資本もなく手っとり早く始められる商売だった。また女性が簡単に働ける場所でもあり、仕事を求める女性たちの受け皿になった。

さらに忘れてはならないことがある。東京は一九八〇年代のはじめまで工業都市だった。京浜工業地帯や京葉工業地帯があり、そこには大小さまざまな工場があった。第三次産業の労働者が第二次産業を上まわるのは六〇年代のはじめのこと。それまで東京は工業都市だった。

ということは当然、工場で働く労働者が多かった。彼らが工場で働いた帰りに、一日の疲れを取るために一杯やる。そこから安くてうまい居酒屋が求められるようになった。

東京の下町にいまでもいい居酒屋が多いのは、下町には工場が多かったから。赤羽に朝から開いている居酒屋があるのは、あの町には隅田川沿いに工場が多かったから。夜勤あけの労働者の憩いの場所になった。

モラスキー氏も書いているが、大井町の駅前には、戦後の闇市を思わせる一画があり、そこにはいい居酒屋が多いが、それは大井町駅の西に大きな国鉄の工場があったことと無縁ではない。

モツ煮、ホッピー、チューハイ。居酒屋の定番は労働者に愛された。居酒屋文化は、工業都市だった東京の労働者が作ったといえる。

もうひとつ、私見がある。

東京に居酒屋が多いのは、個人の家が狭いこととも無縁ではない。ウサギ小屋と言われる狭い家では、大人の男がゆっくり酒を楽しめる場所、スペースがない。それで外の居酒屋を利用するようになる（これは喫茶店の場合も同じ）。居酒屋はいわば、もうひとつのわが家になる。居酒屋は仮の食堂であり、居間であり、時には客間にさえなる。

東京ではいま二世帯に一軒が単身者。そうなるとますます居酒屋で孤独を楽しむ人間が増えてゆくのではないだろうか。

大衆食堂で一杯

——二〇一四年一月

さすがにふだん東京にいるときは早い時間から酒を飲むことは少ない。やはり酒は、火ともし頃から。それが旅に出ると変わる。旅は、日常とは違う体験だから、早い時間から酒を飲んでも気がひけることはない。

海を見たくなるとよく千葉県の銚子に出かける。銚子電鉄に乗って、終点の外川《とかわ》で降り、海を見ながら町を歩く。海沿いの食堂で、房総の漁師料理なめろうを肴にビールを飲む。一本でちょうどいい心地になる。

北海道が好きで年に何度か行く。

なるべく鉄道で行く。東北新幹線が開通してからは、朝早く東京を出れば昼ごろには函館に着く。

函館に着いたらまずすることは決まっている。観光客の多い朝市とは別の、駅前の商店街にあるTという駅前食堂に入る。昔からある、奇をてらわない店で居心地がいい。三人ほどのおかみさんが切りまわしている。

十人ほど座れるカウンターとテーブルが四つほど。それなりの広さがある。

私の場合、一人旅が多いから、入る店も一人で気兼ねなく入れる店を選ぶ。その基準のひとつはそれなりに広い店。それだと旅行者がふらっと入っても目立たないですむ。

酒を飲む、とりわけ早い時間から一人で飲む楽しみは、静かな孤独な時間に浸れることにある。それには目立たないことが大事になる。匿名の個人になれるのが、広い店のよさ。

函館の食堂は何よりも一人になれる。店の人が余計なサービスをしないのも有難い。客への無関心は、最高のサービスだと思う。

カウンターの横に料理のケースがあり、そこにキンピラ、ヒジキの煮付、ホッケの塩焼き、イカの刺身、納豆、ホウレンソウのおひたし、冷奴などが並んでいる。

それを見ておかみさんに注文する。イカの刺身やホッケの塩焼を肴にカウンターの席でビールを飲む。函館に来たんだなと思う。

駅前食堂だから朝は早くから開いている。朝早く、函館駅を発つ人や、夜行で朝早く、函館駅に着く人のために開店が早かったのだろう。いまは少なくなったが、昔は、駅前にはこういう食堂がきちんとあった。

松本清張原作、野村芳太郎監督の『砂の器』（一九七四年）では、冒頭、殺人事件を追う二人の刑事、丹波哲郎と森田健作が、上野から夜行列車に乗って、朝、羽越本線の小駅、羽後亀田駅に降り立ち、駅前の食堂に入って朝食をとる。昔は、こんな小駅にも駅前食堂があった（五年ほど前に、『砂の器』のロケ地を訪ねる旅で羽後亀田駅で降りたが、さすがに駅前食堂はなくなっていた）。

T食堂でビールを飲む。それがもう二十年近く、函館入りの儀式のようになっている。

実は、近年、旅先で食堂を見つけると、そこでビールや燗酒を飲むことが多くなった。

というのは、小さな町では、早い時間には居酒屋はまず開いていない。赤羽の早くから開いている有名店、「いこい」や「まるます家」のような例もあるが、一般に地方の町では朝から開いている居酒屋はまずない。

そこでよく利用するようになったのが大衆食堂。

函館のTで早い時間から飲んでいると気が引けるが、それでもまわりを見ると、時折り一人で飲んでいる御隠居らしき老人を見かけたりする。食堂が絶好の居酒屋になっている。食堂好きは私だけではないようだ。

他所者にとって居心地のいい店

新宿にはSという、いまどき、よくぞこんな店が残っているという昔ながらの食堂がある（場所は秘す）。テーブル席が五つほど。定食中心だが、ポテトサラダ、肉じゃが、オムレツなど品数が豊富。これを肴に夏はビール、冬は燗酒。

ここも函館のTと同じで、客を放っておいてくれるから、孤独という最高の贅沢を楽しむことができる。新宿に映画を見に行ったあと、これも一種の旅なのだと理屈をつけてSに入る。この店は本場所が始まると、テレビで相撲中継を流してくれるので相撲ファンには有難い。

相撲中継が良き酒の肴になる。最近の居酒屋は、相撲ファンが少ないためか、長居されるのを嫌がるためか、相撲中継を見せない店が多いが、この店は、きちんと早い時間から相撲を見せてくれる。

林芙美子の『放浪記』に「私」が、新宿の南口、旭町《あさひまち》の木賃宿に泊まり、翌朝、近くの「飯屋」に行き、労働者と一緒に、「御飯にごった煮にお新香」を食べ、大いに満足する愉快な場面があるが、Sは、こんな店の名残りがある。

ひそかに自分の隠れ家にしていたのだが、二年ほど前、かなり早い時間に行ったら、なんと敬愛する詩人、井川博年さんにばったり。

「あなたも、この店で」とお互い、大いに驚いた。井川さんは、友人たちとここで軽く飲んでから次の店に行くのだという。

やはり食堂では長居はできない。せいぜいビール一本、燗酒一合が店への礼儀だろう。

新宿にはもう一軒、時折り入る食堂がある。歌舞伎町のT。私の学生時代からある大衆食堂。店の規模は昔に比べて小さくなったが、なかの様子は変らない。

定食中心だが、ビールや酒も置いている。

もちろん昼から開いている。二週間に一度、歌舞伎町の鍼の先生に、鍼を打ってもらった帰り、この店に入る。

三十分ほど痛い思いをしてきたあとなのでビールがうまい（わが鍼の先生は、治療のあと「うまいですよ」と酒を飲むのをすすめてくれる）。

ここは場所柄、水商売の人間が多い。

キャバクラ嬢らしき派手な女の子が四人ほどテーブル席でにぎやかに、豚のショウガ焼き定食や本日の定食などをぱくついているのを眺めながらビールを飲む。楽しい。

食堂もチェーン化しているなか、新宿のSやTのような個人商店の大衆食堂が健在なのは有難い。どちらの店も、函館のTと同じでそこそこの広さがあるから目立たないですむ。

どんなにいい居酒屋でも、店が小さくて、そのために客が目立ってしまっては居心地が悪い。

夏に青森に行ったときに、それで失敗した。名店といわれる居酒屋に入り、カウンターに座ったのだが、狭い店で、目立って仕方がない。常連の多い店らしく、客がしきりにこちらを見る。ビールを頼んだが、なかなか持ってこない。気分が悪く、早々に店を出た。名店かもしれないが、他所者が一人で入る店ではなかった。

私の場合、一人でいられる時間が大事なので、酒の銘柄や料理には実はこだわらない。そこそこのものを出してくれればいい。

居心地の悪い名店を出て、青森駅前の商売街を歩いていたらホタテ食堂という格好の店があった。入ると食堂だからテーブル席がいくつもある。一人でも受入れてくれる。名物のホタテを肴にビールを飲んだ。それで幸せになった。やはり、自分は食堂で一人飲むのが合っていると痛感した。

一九〇〇年に書かれたチェーホフの『三人姉妹』にこんな言葉がある。

「モスクワのレストランの、どえらいホールに坐ってみろ、こっちを知った人は誰もいないし、こっちも誰ひとり知らない。それでいて、自分がよそ者のような気がしないんだ」（神西清訳）

いまから百年以上も前にチェーホフは、都市社会のいいところは、大勢の人間がいながら、そこではいつでも孤独を楽しめる、匿名の個人になれることにある、といっている。

林芙美子の『放浪記』の「私」が新宿の「飯屋」で丼飯を食べるくだりが明るいのも、「私」が都市のなかの孤独を楽しんでいるためだろう。

「私」はさらに浅草にまで出かけ、一人で店に入り、酒を飲む。「安酒に酔った私は誰もおそろしいものはない」。昭和のはじめ、若い女性が一人、早い時間から酒を飲んでいる。「私」が実は、自立したしっかりした人間であることがわかる。

今日も隠れ家を探して

最近、回転寿司も、早い時間に一人で飲むのにはいいところだと知った。大体、昼前後から開いている。居酒屋のかわり、食堂のかわりになる。

近年、盛岡の町が好きになり、年に何度か行く。東京から新幹線を利用すれば朝出て、昼過ぎには盛岡に着く。

まず行くのは駅ビルのなかにあるSという回転寿司。函館の駅前食堂Tと同じで、ここでまず一杯飲むのが、盛岡入りの儀式になっている。

店内は広い。おまけに人気店らしく昼間からにぎわっている。他所者がカウンターで一人飲んでいてもまったく目立たない。

魚は回転寿司とは思えないほどうまい。店員も過剰なサービスはせず、適当に放っておいてくれる。とてもいい店で、この夏に宮古に行ったときには、この店に行きたいがために、帰りに盛岡駅で降りた。幸せな気分で飲んでいて、気がついたら、両隣は、若い女性が一人で寿司を食べていた。最近は女性もこういう店で孤独を楽しむようになったかと驚いた。

大衆食堂も回転寿司もない町は多い。そんなときはどうするか。ラーメン屋か、そば屋に入る。このふたつはたいていの町にある。ラーメン屋では餃子とビール。そば屋では燗酒と板わさ。定番である。

中央本線の甲府の少し手前に春日居町《かすがいちょう》という駅がある。桃畑の多い、いいところ。ただ駅は無人駅だし、駅前に商店はひとつもない。

これが欠点だなと思っていたら、先日歩くと、駅から少し離れたところに、ぽつんと一軒、そば屋があるではないか。こんなところによく。

迷うことなく入り、甲州名物のほうとうを肴に燗酒を飲んだ。寒い日で、駅の周辺を歩きまわったあとなので身体があたたまった。

2　残影をさがして

明治維新の敗者にとってのフロンティア

――二〇〇九年十二月

『坂の上の雲』（一九六九～一九七二年）は、日露戦争で活躍した軍人の兄弟、秋山好古《よしふる》と真之《さねゆき》、そして俳人の正岡子規の三人を主人公にしている。

三人はともに伊予、現在の愛媛県松山の出身。とくに秋山真之と正岡子規は小学校から大学予備門まで同じ道を歩んだ。

俳句の世界の巨人と、日露戦争でバルチック艦隊を破る作戦を立てた軍人が竹馬の友というのは興味深い。病弱だった子規が日清戦争の従軍記者を志願したのは、幼なじみの真之への友情があったからかもしれない。

司馬遼太郎はこの三人が同じ松山の出身という事実に着目して『坂の上の雲』を書いた。

伊予松山は久松藩。

徳川家康の異父弟がその先祖で三百諸侯のなかでは格別の待遇を受けた。そのためかどうかのんびりした土地柄。

司馬遼太郎は書いている。

「伊予松山というのは領内の地味が肥え、物実《ものな》りがよく、気候は温暖で、しかも郊外には道後の温泉があり、すべてが駘蕩《たいとう》としているから、自然、ひとに戦闘心が薄い」

松山を舞台にした（作中にはそれと明示されていないが）夏目漱石の『坊っちゃん』の悪童たちがさほど憎めないのも、東京から赴任してきた「おれ」に比べれば、どこかのんびりしているからだろう。司馬遼太郎はいう。「伊予ことばというのは日本でもっとも悠長なことばであるといわれている」

その松山藩が幕末から明治にかけての乱世でさすがにのんきに構えてはいられなくなった。明治の世は戊辰戦争によって生まれた。戦争だから勝者と敗者が出る。

松山藩は敗者になった。

いうまでもなく佐幕派だったから。「戦闘心が薄い」土地柄だったから長州征伐で負けた。鳥羽伏見でも負けた。

「さんざんに負けた上に城も領内も土佐藩に保管された」

平たくいえば、敗れた松山藩は土佐藩に占領された。

わずかに二百人たらずの土佐藩の軍隊が松山に入ったが、「戦闘心が薄い」松山藩は戦うことなく降伏した。

土佐藩に占領された城下の役所、寺などに、

「土佐下陣《げじん》」

の張り紙が出された。

町のあちこちに、

の高札が立てられた。
「当分土州 預地《あずかりち》」
どこか第二次世界大戦に敗北したあとのオキュパイド・ジャパンの状況に似ている。占領は当然、松山藩の人間にとっては屈辱である。秋山好古は、のち軍人としてフランスに留学した時、子供時分に見た「土佐下陣」の張り紙の屈辱が忘れられず、故郷への手紙の中で「『あれを思うと、こんにちでも腹が立つ』」と洩らしたという。

明治という新時代は、戊辰戦争に勝利した側、とりわけ薩摩と長州が権力を握り、敗れた旧幕側は周辺に追いやられた。

それは旧幕側として最後まで戦った会津が維新後、東北の僻地、下北半島に追いやられたことでよくわかる。

勝者にとっては「維新」だが、敗者にとっては「（徳川幕府の）瓦解」である。ちなみに永井荷風は、父親の永井久一郎が旧幕の尾張藩の人間だったこともあり、明治も十二年たって生まれたにもかかわらず心情的には旧幕派で薩長の新政府を嫌った。

荷風の作品のいたるところに薩長への嫌悪があふれ出ている。

たとえば『うぐいす』（一九一六年）という短編に出てくるひとり住まいの世捨人のような老人は、この世の中が嫌だとこう言う。

「私は王政復古の際に薩長の浪人が先に立って拵《こしら》えた世がいやで成らないのです」

荷風のなかには一貫して勝者である薩長を嫌い、敗者となった旧幕側に心を寄せる思いがある。荷風の生涯変わらぬ陋巷趣味の根底には旧幕の敗者意識がある。

戊辰戦争に敗れた松山藩には「維新」後に経済的負担が待っていた。いわば降伏の代金として賠償金を支払わなければならなかったのである。

司馬遼太郎は書く。「賠償金十五万両というのは、この藩の財政からみればほとんど不可能な数字であった」「この支払いのために、藩財政は底をつき、藩士の生活は困窮をきわめた」

このことは松山藩に限らない。旧藩側はどこでもそうした精神的屈辱と、経済的困窮に直面した。永井荷風の『夢の女』のヒロインお浪《なみ》は、「瓦解」後、零落した名古屋あたりの旧幕臣の娘で、家のために深川の洲崎遊廓に身を売るしかなかった。

秋山真之の家はもともと貧乏武士。「瓦解」後いよいよ家は困窮し、真之は十代のはじめに、当時、松山に設けられた中学に入ることも出来ず、旧藩士が始めた風呂屋で働くようになった。「秋山の坊ちゃんが風呂焚《た》きになっている」と町の噂になったと司馬遼太郎は書く。

そういう没落した士族、敗者の賊軍が軍人として出世し、「日本の騎兵を育成し、日露役のとき、世界でもっとも弱体とされていた日本の騎兵集団をひきい、史上最強の騎兵といわれるコサック師団をやぶるという奇蹟」を遂げるまでになる。

『坂の上の雲』は、いわば「瓦解」で挫折した少年が、再び青雲の志を抱いて、若い明治国家のために献身する物語といえる。

ここが非常に面白い。戊辰戦争で敗者になり、賊軍となった松山藩の若者たち――秋山好古、真之、そして正岡子規、が結果的に、明治という新しい時代を作ってゆく。

敗者が新時代を作る。

その点で、敗者の悲しみ、嘆き、苦しみに心を寄せ続けた荷風と、敗者にもかかわらず新しい時代に前向きに生きようとした人々を描いた司馬遼太郎とは、明らかに違っている。敗者好きの荷風と、にもかかわらず立ち上がってゆく前向きの英雄好きの司馬遼太郎。

実際、『街道をゆく』シリーズで、本郷、赤坂、神田を歩いていながら、司馬遼太郎はこれらの土地と多少とも縁のある荷風にはほとんど語っていない。つねに前向きで「明」が好きな司馬遼太郎は、「暗」の好きな荷風には惹かれなかったのだろうか。このあたりが、荷風好きとしては司馬遼太郎はあまりにも天下国家を語り過ぎると思ってしまうのだが。

生き残りを賭けた道

それでも、司馬遼太郎は明治という新しい時代が、徳川幕府の「瓦解」という負のエネルギーを土台にしていることをきちんとおさえている。

『坂の上の雲』の前半には、随所に敗れた側の無念の思いが描かれている。

「土佐下陣」の張り紙に屈辱を感じた秋山好古だけではない。

母親は、貧乏士族とはいえ侍の子として風呂焚きをしている我が子、秋山信三郎好古にいう。

「信や、貧乏がいやなら、勉強をおし」

敗者となった国の人間が新しい明治の世に出世しようと思ったら「勉強」しかなかった。

司馬遼太郎は書く。

「（勉強をおし）。これがこの時代の流行の精神であった。天下は薩長にとられたが、しかしその藩閥政府は満天下の青少年にむかって勉強をすすめ、学問さえできれば国家が雇傭するというのである。全国の武士という武士はいっせいに浪人になったが、あらたな仕官への道は学問であるという」

「それが食えるための道であり、とくに戊辰で賊側にまわった藩の旧藩士にとって、それ以外に自分を泥沼から救い出す方法がない」

戊辰に敗れた側にとって、「維新」の後の新しい世に生き残るには、「教育」という新分野しかない。だから秋山好古は、まず明治政府の教師になる。そのために東京に出る。

上京の途中、船で一緒になった同じ旧松山藩の若者は好古に言う。

「すべて薩長の世じゃけん」

「伊予者などは学問のほかは頭をあげられぬ。学問のなかまでは薩長は入ってくるまい」

ここが面白い。

明治の新政府は、たしかに薩長中心だったが、教育の分野では他藩にも門戸を開放していた。だから秋山兄弟のような、かつての賊軍の子が明治新政府のなかで立身出世し、若い日本の命運を賭けた日露戦争で大きな役割を果たしてゆく。

明治の世は、旧幕と薩長が混在している。司馬遼太郎はそのどちらかの側に立つことはないが、『坂の上の雲』という明るい、前向きの国作りの物語には、明らかに戊辰戦争で敗れた松山藩の子弟の無念の思いがある。

秋山好古は、賊軍であってもかろうじて出世が望める教育界に身を投じ、ある小学校に赴任するのだが、その校長は、好古が敗れた松山藩の人間だと知り、容赦なく言う。

「君は、賊軍の藩だ」

「維新」の世では、まだ「賊軍」という言葉が重く残っていた。「賊軍」の藩出身の若者は薩長に比べ、大きなハンディを負って世に出なければならなかったし、「賊軍」ゆえに薩長の子弟以上に努力しなければならなかった。

『坂の上の雲』には、旧幕派の子弟のこんな印象深い言葉がある。

「日本の政治は薩長がやる。教育はわれら非藩閥人がやる」

明治「維新」後、敗れた旧幕側の人間としては、「教育」の道しかなかった。しかし、だからこそ「軍事」という新しい「教育」の世界には、旧幕側の人間が入りやすかった。

秋山兄弟が軍隊という新しい組織で頭角をあらわすことが出来たのはそのためだろう。

近代に混在するふたつの顔

秋山兄弟の子規の故郷がある松山藩は確かに敗れた側として維新後の世にあって不利な立場にあったが、同時に、その負を正にすることも可能だった。

『ひとびとの跫音《あしおと》』（一九八一年）の中で司馬遼太郎は書いている。

「松山藩は、徳川家の親藩であった。このため、瓦解という水位にあっては旧勢力の側に心情をむけねばならず、維新という水位では、薩長土にひきずられざるをえなかった。いわば首鼠両端《しゆそりようたん》の態度をとったため、幕末・維新ともにこの藩は割りを食った」

「しかしながら、そうであっただけに、軍鼓とともにやってくる時勢というものの足もとを見るのに、戊辰から明治にかけての松山人は格好の立場にいたことになる」

松山藩は「瓦解」の無念の上に立って「維新」を受け入れた。負を正にしようというエネルギーは勝者よりも敗者の方が強かったかもしれない。

『坂の上の雲』で子規はいう。

「出たい、出たい。どうにもならんほどあしは東京に出たい」

この思いは敗れた側の人間の一発逆転の思いといっていいだろう。東京という新政府の首邑《しゆゆう》となった町の中に飛び込んでゆく。そうすれば、敗者が生きる道が開けてゆくかもしれない。この時点の東京は、敗者にとっては、いわばフロンティアだったともいえる。

近代の東京は、ふたつの相反する顔を持つ。

ひとつは、近代を作った側。その主力は、実は地方から出て来た薩長勢力なのだが。

もうひとつは永井荷風に代表されるように敗れた旧幕側に心を寄せる少数派。

「旧幕」か「維新」か。

明治、そして近代という時代を考える時、この二分法は永井荷風の作品を読んでみても大きな問題だが、司馬遼太郎も、明治という新時代を考える時、「旧幕」か「維新」かを大きな岐路とした。

司馬遼太郎の『街道をゆく』シリーズは、旅好きな人間としては、繰返し読む好著だが、読んでいて気がつくのは、なんでもない旅のエッセイ集に見えながら、訪れる町の多くが、戊辰戦争の時に敗れた土地が多い。

日本の現代の土地が、戊辰の時に勝者側であったか、それとも敗者だったかは、とくに東京という両者が混在している町の場合、気になる。現在の東京のなかに、戊辰戦争で敗れた側の悲しみが刻印される。

大阪の人間である司馬遼太郎が、東京を語る時、つねに、東京は新政府の首都であると同時に、「瓦解」によって敗れた側の首邑であるという視点がある。

明治という新しい時代は、戊辰戦争に勝った側の薩長の人間と、敗れた側の人間の葛藤のなかにあるといっていい。

司馬遼太郎は、その勝者と敗者がせめぎあう混乱した東京を『坂の上の雲』で描き出したと思う。

司馬遼太郎と永井荷風が交差する一瞬がある。正岡子規は病床に就いてから妹、律の世話に頼った。子規の死後、律は三十四歳で女学校に入学した。『街道をゆく　神田界隈』によれば、入った学校は神田一ツ橋にあった共立女子職業学校、いまの共立女子大の前身。

この学校を興すに力あった人のひとりが、当時、文部省の要職にあった永井久一郎。言うまでもなく荷風の父である。

「水の東京」『大東京繁盛記　下町篇』が伝える風景

大正十二年（一九二三）九月一日に発生した関東大震災は関東地方一帯に甚大な被害を与えた。東京では下町、とりわけ隅田川周辺に多数の犠牲者が出た。東京随一の盛り場だった浅草の象徴、凌雲閣（十二階）の崩壊は惨劇をよくあらわしている。

震災の三年後、大正十五年の十二月二十五日には大正天皇が死去。時代は昭和に変った。社会が大きく揺れ動いていた。本書のなかで北原白秋が書いているように、東京は明治維新の激動期に続いて「第二の陣痛」に苦しんでいた。破壊からなんとか復興しようとしていた。

『大東京繁盛記』は、まさにその時代、『東京日日新聞』（『毎日新聞』の前身）夕刊の昭和二年（一九二七）三月十五日から十月三十日まで連載されたもので、翌三年九月に「下町篇」が、次いで十二月に「山手篇」が春秋社から出版された（本稿は講談社文芸文庫〈二〇一三年〉の解説である）。

当時の第一線の作家、詩人、画家たちがゆかりの町を歩き、震災が与えた変化を直接にとらえた、いまふうにいえばルポルタージュである。震災後の東京を知る貴重な文献であり、その後も、昭和五十一年（一九七六）には講談社から、平成十年（一九九八）には平凡社から出版されている。いわば東京論の古典といえる。

二〇一三年五月

「繁昌記」という言葉は、明治以後の東京案内記によく使われた。服部撫松『東京新繁昌記』（明治七〜九年）、高見沢茂『東京開化繁昌記』（明治七年）、萩原乙彦『東京開化繁昌誌』（明治七年）がある。それを受けている。「大東京」は、震災後の復興してゆく東京を指している。

山の手と下町の誕生

本書は「下町篇」と「山手篇」に分かれる。これは、東京が下町と山手というふたつの対照的な生活圏、文化圏をもって発展してきた独特の町であることをあらわしている。いわば中心がふたつある。

前述したように関東大震災などによって下町は大きな被害を受けた。隅田川周辺は地盤が弱かったことと、家が建て込んでいたことが被害を大きくした。その結果、震災後、東京は被害の少なかった山手、西東京へと発展していった。昭和七年（一九三二）の市区大改正では現在の世田谷区や杉並区などが成立する。

「下町」の語は、土地の低いところという意味もあるし、城下町の意味もある。山手はその対概念になる。エドワード・サイデンステッカーは『東京 下町 山の手 1867—1923』（安西徹雄訳、TBSブリタニカ、一九八六年）のなかでこう書いている。

「十七世紀に幕府がその所在地の建設に着手した時、地盤の固い山の手はほとんどを武士に与えた。一方、城の東に当たる隅田川や旧利根川の河口を埋立て、こうして出来た土地が、武士階級に食糧と労働力を供給する商人、職人たちの居住地となったのである」

士農工商でいえば山手は士の町となり、下町は農工商（農は少なかったが）の町となった。下町には庶民が多く住んだことになる。もちろん本所に旗本が住んだり、山手でも坂の下には商人や職人が住んだりしたが、大別すれば山手には侍が、下町には町人が住んだと言っていいだろう。だから歌舞伎、相撲、落語などの町人文化は下町で育ってゆく。

芥川龍之介の「本所両国」から始まる。芥川は作家として立ってから田端の高台に住んだので山手の知識人というイメージが強いが、幼少期を下町の本所で過ごしている。

「僕は生れてから二十歳頃までずっと本所に住んでいた者である」

本所、いまの墨田区になる。「殊に僕の住んでいたのは『お竹倉』に近い小泉町である。『お竹倉』は僕の中学時代にもう両国停車場や陸軍被服廠に変ってしまった」

「お竹倉」とは、江戸幕府の米蔵があったところ。「小泉町」は現在の両国二〜四丁目、回向院のあたり。ここで二十年も過ごしたのだから芥川は純然たる下町っ子になる。

それだけに震災後、被害の大きかった本所両国を歩くのはつらいものがあったろう。「僕の知人は震災のために、何人もこの界隈に斃れている」。芥川自身は田端の高台に住んでいたので無事だったが、もし自分が本所に住んでいたら「かれ等のように非業の最期を遂げていたかも知れない」。

両国駅の北側にある陸軍被服廠跡は、約三万八千人の避難者が焼死した悲劇の場所で、昭和五年（一九三〇）には慰霊の記念堂が建てられている。

東京の下町は、のち昭和二十年三月十日の東京大空襲によって再び多数の犠牲者が出る。東京の近代史のなかでこのふたつの悲劇は忘れてはならない。

芥川は取材に当って隅田川を走る蒸気船、いわゆる一銭蒸汽（料金が一銭だったため）に乗り、子供の頃にもこれに乗ったことを懐しく思い出している。

山手の特色が坂にあるとすれば、下町の特色は川にある。隅田川を中心に、多数の掘割が作られ、川が道路の役割を果した。水の道を船が走った。「水の東京」である。水運の便がいいので下町は、山手が住宅地として発展するのと対照的に、工場地帯として発展してゆく。そのために戦時中、米軍に狙われた。

「水の東京」は、鏡花の「深川浅景」にもよく描かれている。深川、現在の江東区には随所に掘割が流れている。仙台堀川、小名木川、油堀川、大島川など。大小さまざまの川を船が行く。「見渡す、平久橋、二筋、三筋、流れを合せて、濤々たる水面を幾艘、幾流、左右から寄せ合うて、五十伝馬船、百伝馬船、達磨、高瀬、埃船、泥船、釣船も遠く浮く。就中、筏は馳る。汐は瀬を造って、水脚を千筋の綱に、さら〳〵と音するばかり、装入るゝ如く川筋を上るのである。さし上る水は潔い」

みごとな「水の東京」。堀割を伝馬船や達磨船、高瀬船などさまざまな船が行き交う。筏まで川を行くのは、木場があるからだろう。川があれば当然、橋も多い。その橋の袂から若い着物姿の女性がひらりと船に飛び乗るなど、「水の東京」ならではの粋な光景。さすが鏡花はこういうところを見逃さない。

谷崎潤一郎の名が出てくる。谷崎が映画に関わっていた頃、「場所を深川に選んだのに誘われて、其の女優……否撮影を見に出掛けた」とある。これは、谷崎が大正活映という映画会社で、泉鏡花原作の「葛飾砂子」を脚色して映画にした時のことだろう。大正九年のこと。女優は上山珊瑚。谷崎は隅田川に近い日本橋蛎殻町の生まれ。下町っ子である。初期の代表作『刺青』は深川の佐賀町を舞台にしている。「葛飾砂子」も深川でロケされた。「水の東京」への思いからである。

本書には谷崎潤一郎も登場していい筈だが「兵庫岡本の谷崎潤一郎さん」とあるように、震災後、地震を怖れ、関西に移住してしまい、当時は芦屋に近い岡本に住んでいた。谷崎が震災後の下町を歩いたらその変貌に驚かされたことだろう。

震災は下町から江戸の残り香を消した。震災前は、永井荷風が「深川の唄」で書いたように、深川不動あたりを歩いていると三味線の音が聞えてくるような、江戸の香りの残る町だった。それが震災によって破壊され、工場ばかりが目立つ町に変りつつあった。木造の家屋が燃えてしまい、そのあとにコンクリートの建物が建つようになる。芥川龍之介が書いているように「変りも変った」。

モダン都市との出会い

北原白秋の「大川風景」は、その震災後の変わりゆく大川（隅田川）沿岸風景を、船のなかからとらえている。他の書き手の多くが、震災前の古き良き東京を懐しく思い出すのに対し、白秋は復興してゆく新しい東京を元気よく肯定している。

白秋がまず目にするのは起重機である。現在のわれわれが東日本大震災の被災地でショベルカーが活動するのに目を奪われるのに似ている。白秋はノスタルジーにはひたらない。復興する東京に目を向ける。

震災の時、白秋は小田原にいた。小田原も津波と火事で壊滅した。幸い白秋の家は山裾にあったからなんとか助かった。そんな白秋だから東京の復興に期待しているのだろう。

白秋は浅草―上野間の地下鉄工事にも注目しているし（昭和二年十二月末に開業する）、新しく作られている浜町公園やその近くの明治座も目にとめている。新しい東京を見ようとしている。

とくに白秋が惹かれているのが橋と小学校。震災後、隅田川には次々にモダンな鉄橋が架橋されてゆき、橋の展覧会といわれた。現在も美しい姿を見せる清洲橋、永代橋、白鬚橋などは震災後に作られた震災復興橋梁。

一方、小学校もまた新しいコンクリート造りの震災復興小学校が次々に建てられた。千代田小学校、忍岡小学校、現在も都心にあって建設当時（昭和四年）の美しい姿を見せる泰明小学校などが作られた。まさに白秋がいうように「震災後の東京は小学校において初めて変貌した」。

地下鉄、公園、劇場、橋、小学校……隅田川から眺めながら白秋は新しい東京に気付いている。江戸の香りを残す瓦屋根の町から、鉄とコンクリートのモダン都市へと変貌しているのを確認している。

実際、震災後の東京復興は早かった。帝都復興院の総裁を務めた後藤新平の強力なリーダーシップの下、東京はモダン都市に生まれ変ってゆき、震災から七年後の昭和五年（一九三〇）には帝都復興祭が行なわれた。天皇がさまざまな新しい施設、建物を視察した。千代田小学校にも訪れている。

福岡県柳河出身の北原白秋が新しい東京の活力に惹かれるのに対し、東京出身の作家はどうしても震災前の東京を懐古してしまう。

伯爵吉井家の次男として高輪に生まれた吉井勇は「震災後の東京で、姿を変えない町は殆どないといってもいゝ」と、震災前の大川端、つまり両国橋から永代橋あたりの隅田川べり（右岸、日本橋側）を懐しく思い出している。

歌人らしくいくつも歌を詠んでいるが、そのどれもが懐旧の歌。

「なつかしや水のにほひも明治座の幟の音もゆきずりびとも」

「両国を浜町へゆく夜の道むかしの道のなつかしきかな」

風景がすっかり変ってしまった。だから昔の風景が懐しい。森鷗外に「普請中」（一九一〇年）という短篇があるが、近代の日本、とりわけその首都の東京はつねに普請中、工事中である。絶えず風景が変わる。だから必要以上にノスタルジーの感情は強くなる。東京っ子の吉井勇が昔を懐しむのも仕方がない。

吉井勇が懐しんでいる中洲は現在、箱崎の東京シティエアターミナルのあるところ。洲とあるように隅田川に浮かぶ小さな島だった。佐藤春夫の大正期の名作篇「美しい町」は、夢想家たちがここに理想の町を作ろうとする夢物語。それほど中洲は、町のなかの島だから現実とは離れた情趣があった。ここにもやはり「水の東京」がある。

浅草田原町生まれの久保田万太郎も浅草の昔を語り、群馬県館林生まれだが少年時代に東京に出て来た田山花袋も日本橋の昔を語る。東京は変ってしまった、が彼らのリフレインになる。

日本橋の変貌のなかで田山花袋は、魚河岸の移転について触れている。現在の日本橋からは想像もつかないが、東京の真ん中にかつて魚市場があった。日本橋から江戸橋にかけて、日本橋川に沿っていた。江戸時代からあったことは、歌川広重の浮世絵「東海道五拾三次之内　日本橋」を見てもわかる。震災前まで健在で、にぎわった。

それが震災で焼失し、震災後、築地への移転を余儀なくされた（現在、日本橋の袂には魚河岸記念碑が建てられている。撰文は久保田万太郎）。

花袋は「魚河岸の移転がどんなにこのあたりを荒涼たるものにしてしまったろう」と嘆いているが、震災後の日本橋がかつての活気を失なってゆくのは魚河岸移転が一因といっていいだろう。

日本橋に代わって震災後、東京随一の盛り場になってゆくのは銀座。昭和六年（一九三一）に出版された安藤更生の『銀座細見』にこうある。

「震災後、銀座は急に賑やかになった。古い江戸は打倒された。江戸っ子は潰滅した。デパートは一斉に銀座へ進出する。銀座は完全に東京を征服してしまったのだ」

このモダン都市東京の中心、銀座については、銀座生まれの岸田劉生が書いている。

新しくなった銀座の町には「モダンガール」の「断髪の美女」が忙しげに歩く。通りには車が走る。松坂屋、松屋とデパートが開店する。カフェが出来る。

岸田劉生は「江戸っ子」だから、こういう新しい銀座を少しく批判的に眺めている。「モダンガール」を「毛断嬢」と書くなど旧世代の精一杯の皮肉。

それでも新しい活気を否定はしていない。松坂屋の建物を「銀座通り洋風建築の中、最も美しいものであろう」と賞讃を惜しまない。また老舗の多い銀座のなかでは新しい店、小料理の「鉢巻の岡田」を「酒もうまく、魚は上等、馬鹿貝のちょっと焼いたのなどは全くうまい」と賞める。古い「江戸っ子」が少しずつ新しい銀座になじんでいる。

「鉢巻の岡田」（はち巻岡田）は現在も健在だが、この店は、水上瀧太郎の名作『銀座復興』（昭和六年）のモデルとして知られる。震災後の焼野原の銀座でいち早くトタン小屋で店を開け、銀座を活気づけた。店の貼り紙にはこうあった。「復興の魁は料理にあり」

実際、震災後の東京の復興は料理から始まったところがある。どんなに悲惨な体験をしても、ひとは生きるためにともかく食べてゆかなければならないのだから。銀座に数多く出来たカフェも酒だけではなく料理を出すところだった。だから単身者の永井荷風は震災後よく銀座のカフェに通った。「鉢巻の岡田」ひとつにも震災後の東京の様子が描き出されている。本書の面白さはそんな町の細部にある。

もうひとつ忘れてはならない本書の良さは挿絵の充実だろう。小穴隆一、鏑木《かぶらき》清方《きよかた》、山本鼎《かなえ》、木村荘八《しょうはち》、小村雪岱《せったい》、堀進二、そして岸田劉生自画と錚々たる画家が並んでいる。鏡花には清方、白秋には山本鼎、吉井勇には木村荘八と組合せもよく考えられている。

そして大半の画家が「水の東京」を描いているのはいうまでもない。

荷風と城東電車

――二〇二一年六月

現在の江東区はよく知られているように戦前は東の城東区と、西の深川区に分かれていた。戦後、昭和二十二年（一九四七）に二つの区が合併して江東区となった。

城東区が生まれたのは関東大震災のあと、帝都復興のさなかの昭和七年（一九三二）。東京の大々的な市区改正によりそれまでの十五区が一気に三十五区になった。このとき、西の杉並区や世田谷区と並んで東の城東区が生まれた。

亀戸、大島、砂町がここに含まれる。城東の名前は現在の城東高校、城東郵便局、城東警察署などに残っている。

関東大震災は深川に多大な被害をもたらしたが、砂町あたりは当時まだ家が密集していなく火災の被害は少なかった。江戸時代から亀戸大根や砂村ねぎで知られる近郊農村だったから田畑が多かった。そこに震災で焼け出された本所や深川あたりの人間が移り住むようになり、人口が増えた。

さらに小名木川をはじめ河川（運河）が多く水運の便がいいことから帝都復興のなか、次々に工場が建てられていった。農業の町が工場の町へと変わった。

深川が軽工業中心だったのに対し、土地に余裕のある砂町や大島あたりでは重工業の工場が多く建てられていった。

城東を歩いた日

この城東の変化にいち早く気づいたのは東京の散歩者、永井荷風。もともと荷風は深川が好きだった。野口冨士男は『わが荷風』（集英社、一九七五年）のなかで書いている。

「荷風の好きな土地といえば、晩年の彼から浅草を思いうかべる人が少なくあるまい。（略）が、その生涯を通じて彼がパリの次に最も愛したのは、深川といっていけなければ隅田川以東——げんざいの墨田区から江東区の一円にかけてではなかったろうか」

深川を好んで歩いた荷風は、震災後、その先に開けてゆく城東に興味を覚えた。それまで歩くことの少なかった砂町、亀戸、大島に足を向けるようになった。そして、これらの町が新しい工場の町に変わっていることに驚く。『断腸亭日乗』昭和六年十一月二十日。この日、荷風は中洲の病院に薬をもらいに行った帰り、市電で錦糸堀（JR錦糸町駅の近く）まで行き、そのあと堅川《たてかわ》に沿って東に歩き、さらに五の橋（亀戸駅近く）から南に下り、横十間川に架かる大島橋に出る。

「新道路開かれ電車往復し工場の間には処々《ところどころ》公園あり、余震災後一たびも此辺《このあたり》に杖を曳きたることなければ興味おのづから亦新なるを覚ゆ」

震災前は工場の煤煙で空気が汚れ、臭気もひどく歩く気にもならなかった。それが帝都復興のなかで面目を一新していることに荷風は興味を覚える。工場は清潔になっている。道路もセメント敷になっていて荷車が通っても埃が立つことはない。荷風はその新開地の風景に惹かれる。城東区が誕生する直前である。そして一週間後に再び城東に出かける。

十一月二十七日。この日も中洲の病院に出かけたあと城東へ。

「帰途新大橋を渡り電車にて小名木川に至り、砂町埋立地を歩む、四顧曠茫《しここうぼう》たり、中川の岸まで歩むとせしが、城東電車線路を踰《わた》る頃日は早く暮れ、埋立地は行けども猶盡《なおつ》きず、道行く人の影も絶えたり」

新大橋を渡り、市電（現在の都営新宿線と同じく新大橋通りを走る）に乗り、菊川あたりで降りて小名木川に出、川に沿って東に向かって歩いてゆく。

小名木川が中川と合流するあたりを目ざして歩くが、晩秋の陽が落ちるのは早く、城東電車の線路を越えた、進開橋あたりであたりが暗くなったのでやむなくもと来たほうへ引き返してゆく。

工場地帯をつきぬけて

「断腸亭日乗」に城東電車が出てくるのはこの日が初めて。荷風はこの日の町歩きで、市電とは別に城東電車が砂町あたりを走っていることに気がつく。そして、現在ではほとんど忘れられつつある城東電車のことを我々が知るのは『断腸亭日乗』によってになる。

城東電車、正式には城東電気軌道株式会社は大正六年（一九一七）に開業した私鉄。当時の城東はまだ市外だから郊外電車といっていいだろう。

路線は当初ふたつあった（のち三つ）。ひとつは、市電の錦糸堀（日比谷など市中から来る市電の終点）に接続する形でそこを起点とし、総武線に沿って東に向かい、中川を渡って荒川放水路の手前、江戸川区の小松川町（停留所は西荒川）まで行く小松川線。これが前述したように大正六年に開業している。

もうひとつは大正九年に開通した線で、やはり錦糸堀を起点とするが、水神森（亀戸駅近く）で小松川線と分岐して南に下り、堅川を渡って小名木川に至る線。これは昭和二年には東陽町を経て洲崎にまで延長され、ここで市中に通じる市電と連絡した。

この路線で分かるように城東地区の工場地帯を走っている。その点では郊外電車というより、町なかを走る市電のひとつといってもいい。事実、昭和十七年（一九四二）には戦時体制の私電の公営化によって東京市の市電に吸収される。

城東の工場地帯はこの電車によって発展していった。江東区編集発行の『江東の昭和史』（一九九一年）には「城東電車の思い出」という小文が載っている。昭和十年に城東電車の運転士になったという人がこんな思い出を書いている。

「錦糸町の白木屋を出て、亀戸を廻り、洲崎までの砂町線と、小松川までの小松川線の運転をしていたが、どちらも沿線は工場ばかりで、ホコリっぽい中をガタガタと音を響かせながら走った」

「どちらも沿線は工場ばかり」というのが新しく発展している工場地帯の様子をよくあらわしている。この運転士が城東電車を走らせるようになった昭和十年に公開された小津安二郎監督のサイレント映画『東京の宿』は城東区の砂町、猿江あたりを舞台にしている（ただし残念ながら撮影は川崎で行なわれているが）。工場、埃っぽい道路、空地に置かれた電線巻の芯、道路に沿って建てられた電信柱などい

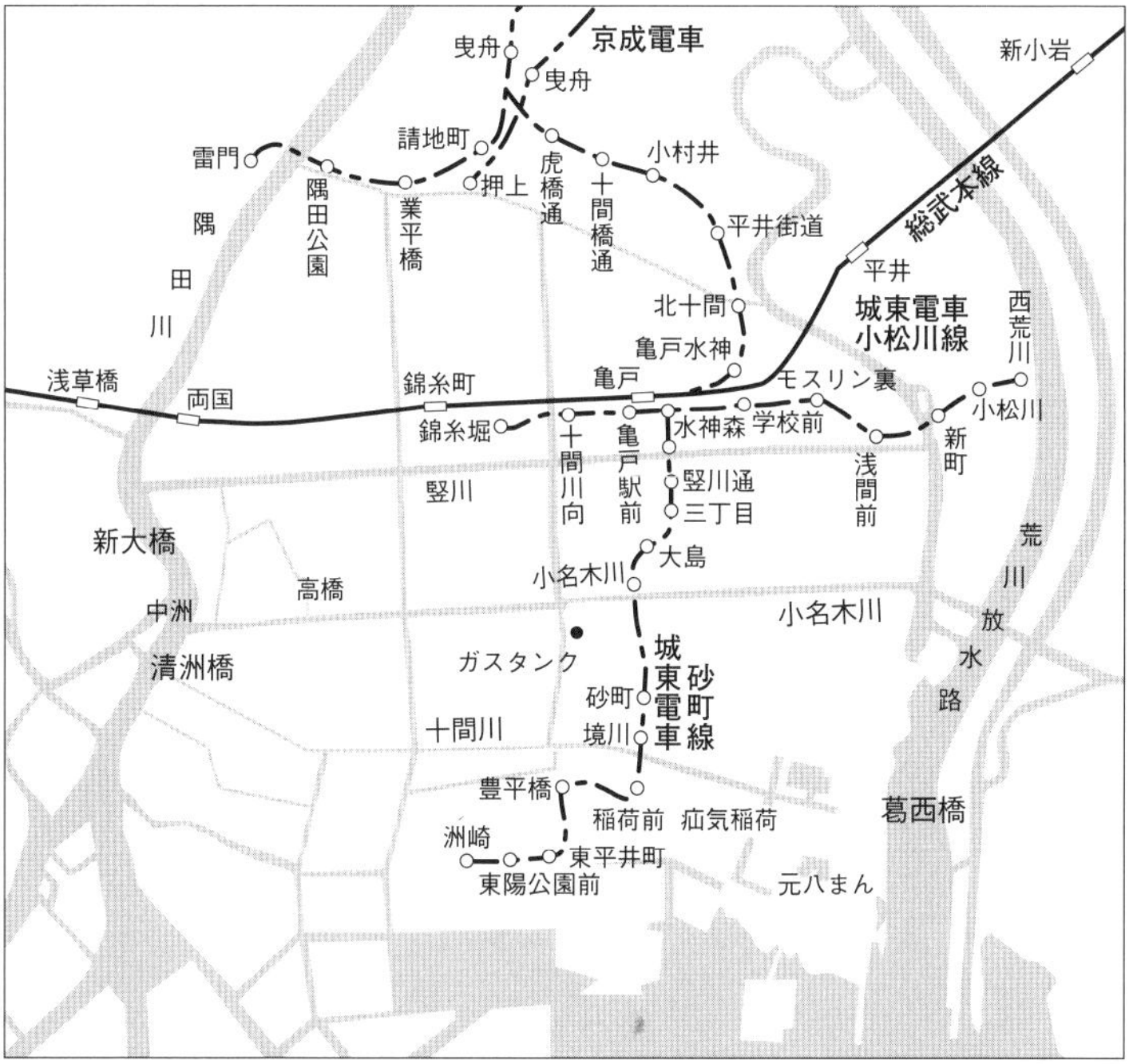
京成電車
曳舟
曳舟
請地町
押上
雷門
隅田公園
業平橋
虎橋通
十間橋通
小村井
平井街道
北十間
亀戸水神
隅田川
新小岩
総武本線
平井
城東電車
小松川線
西荒川
浅草橋
両国
錦糸町
亀戸
モスリン裏
小松川
錦糸堀
十間川向
亀戸駅前
水神森
学校前
新町
浅間前
竪川通
三丁目
竪川
大島
小名木川
新大橋
高橋
中洲
清洲橋
小名木川
荒川放水路
ガスタンク
城東電車
砂町線
砂町
境川
十間川
豊平橋
稲荷前
疝気稲荷
葛西橋
洲崎
東平井町
東陽公園前
元八まん

かにも新開地の工場地帯の様子がとらえられている。正確にいえば川崎と城東の違いがあるが、荷風が昭和六年に歩いた時の城東もこんな光景があちこちで見られたことだろう。

昭和六年、十二月二日。この日もまた荷風は城東に出かける。この時期、荷風は明らかに新開地の風景に心惹かれている。この日は銀座に出て銀行で用事を済ませたあと隅田川を渡って東へと向かう。

「電車にて深川洲崎に至り、城東電車に乗替へ、砂町、稲荷前、境川、大嶋町、等の停留所を過ぎ、錦糸堀千葉街道口にて更《さら》に小松川行の電車に乗替へ、荒川放水路土手下の終点に至る」

まず洲崎まで市電で出て、そこで城東電車の砂町線に乗り替える。電車は小名木川、堅川を越え亀戸駅近くの水神森へ北上する。そこで東へ向かう小松川線の乗り替え、終点の「荒川放水路土手下の停留所」、西荒川に着く。

城東電車の二つの路線を使って荒川放水路にたどり着いている。荷風は大正十一、二年頃にも折々、荒川放水路を訪れているが、当時と比べると上手《かみて》に見える小松川橋には車や人が多く見られるし、橋の袂には露店が二、三軒出ている。

「数年前に比すれば近隣一帯繁華になりたるを知らしむ」

放水路のあたりも次第に「繁華」になっている。震災後の東京は西へ大きく発展したが、実は東でも同様のことが起っている。城東区が成立するのは前述のようにこの翌年のこと。

荒川放水路はその茫漠たる風景によって荷風が好んで歩いた場所のひとつ。昭和七年頃から足繁く通うようになり、やがて荒川放水路歩きの延長として放水路に近い私娼の町、玉の井を見つけ出すことになる。

従って昭和六年、十二月二日の城東電車を利用しての放水路歩きは、荷風の東京散策のなかでも重要なものになる。「堤防を歩みて船堀橋に至り枯草の上に坐して憩うこと須臾《しゆゆ》なり」という文章に荷風が放水路の風景に心地よく溶けこんでいることがうかがえる。

五日後の十二月七日にも再び城東電車に乗って放水路に出かけている。

「午後中洲病院に往き日用の薬を求む、帰途電車にて錦糸堀より小松川に出《い》で、荒川放水路に架けられし長橋を渡り再び電車にて今井町の終点に至る」

錦糸堀から城東電車の小松川線に乗り、小松川（停留所名は西荒川）に出る。そこでいったん電車を降り、荒川の対岸、翌昭和七年の市区改正によって江戸川区となるあたりに出る。「再び電車にて今井町に出る」とあるのは、大正十四年（一九二五）に開通した城東電車の三つ目の路線のことで、放水路沿いの東荒川と江戸川沿いの今井までを結んだ。現在の江戸川区のほぼ真中を東西に走っていた。戦後、昭和二十七年、ここをトロリーバスが走るようになる。市中の麻布に住む荷風が東京の東のはずれ、城東から荒川放水路を越え、江戸川のほとりにまで足を延ばしている。東京散歩の徹底ぶりに驚かざるを得ない。その東行を城東電車が支えている。

過去へと誘う電車

荷風が城東電車に乗るようになったのはまず、この電車が新しく開けてゆく城東の工場地帯を走っていたから。城東電車を利用することで荷風は散策の範囲を広げ、かつてよく歩いた深川の東に開けゆく工場街の新しい風景を見ることが出来るようになった。

さらに、城東電車の小松川線が荒川放水路の堤の下まで行っているのを知り、これを利用して放水路まで出かけたことも大きい。のち昭和十一年に「放水路」という名随筆を書くほど荒川放水路の寂々とした風景に惹かれた荷風にとって、城東電車は放水路への絶好の交通手段になった。

もうひとつある。昭和六年の十一月二十七日に砂町を歩いたのを機に、荷風は城東電車を利用してよく城東に出かけるようになる。そして昭和七年一月八日。例によって中洲の病院に行ったあと城東電車に乗って砂町に行く。あたりを歩く。疝気《せんき》稲荷にお参りしたあと、枯れた蘆《あし》のなかに見捨てられたように砂村八幡宮（通称・元八まん）があるのを見つけた。

かつて広重の「名所江戸百景」に描かれ、また荷風が城東散策の時に参考にした江戸時代の地誌、三島政行の「葛西誌」にも記された元八まんを思いがけず見つけた。新開地だと思っていた砂町に昔が残っていた。城東電車は荷風に過去とのつながりももたらした。

現在、亀戸駅の南口側に亀戸緑道公園があるが、ここは昔、城東電車（戦後は29系統、38系統の都電）が走っていたところ。電車のレールと車輪がモニュメントとして残っている。

その少し先に竪川があり、そこに橋が架かっている。現在は人道橋だが案内表示によれば城東電車の専用橋だったという。

荷風の如く、快晴の川辺を

小名木川沿いを歩く

――二〇二一年三月

永井荷風『断腸亭日乗』昭和十一年（一九三六）十二月二十四日、「快晴の空拭《ぬぐ》うがごとし。午後小名木川川辺散歩」。

暮れの一日、荷風は小名木川に沿って散策を楽しんでいる。それに倣って、十二月末、小名木川沿いを歩いた。荷風は「快晴の空拭うがごとし」と書いているが、東京の冬の特色のひとつは青空が見えること。

冬といえば曇空の多いロンドンやニューヨーク、あるいは日本でいえば札幌や金沢と大きく違う。私が歩いた日も快晴だった。十二月も終りに近い日だが、みごとな青空が広がっているので家にいるのがもったいなく町に出た。

小名木川は江東区の北を流れる運河。隅田川と旧中川を結ぶ。徳川家康が江戸幕府を開いたとき、房総の物資、とりわけ行徳の塩を江戸へ運ぶ水路として開削された。小名木四郎兵衛という人が開削の大仕事を取り仕切ったのでその名がある。

小名木川は現在も健在。江戸時代の初期に開削された川がいまも流れている。四百年以上の歴史を持つ。凄いことだと思う。

小名木川は東部と西部に分かれる。ちょうど戦前の江東区が東の深川区と西の城東区に分かれていたように。

小名木川沿いを歩くときはこれまで西を歩くことが多かった。川に架かる橋でいえば、萬年橋から高橋《たかばし》、トラスの美しい西深川橋や新高橋あたりまで。小名木川は全長約四・六キロもある。全部歩くのはなかなか難しい。

この日は、二月にもかかわらず、天気があまりに素晴らしかったので小名木川沿いに踏破を試みた。普段とは違って、東の旧中川の方から歩くことにする。

地下鉄、都営新宿線の東大島駅で降りる。地下鉄だが、このあたりは地上に出ていて駅舎は旧中川の真上にある。旧中川は荒川に沿うように流れているが、このあたりではまだ野趣を残している。建て込んでいる印象の強い江東区にこんな広々とした水辺があるのかと少しく感動する。対岸の都立大島小松川公園（荒川と旧中川のあいだ）の深い緑にも驚く。

東大島駅前に公園があり、そこからスカイツリーを見ることが出来る。マンションの間からだから上部だけ。ここからだとそれほどの高さには見えない。

公園の先に船番所資料館がある。江戸時代、小名木川の出入口のあった場所（関所）跡に作られた小さな博物館。江東区は「水の東京」の中心だけに水に関わる文化施設を作っている。

資料館のすぐ先は小名木川が旧中川に入るところ。そこが今回の小名木川散歩のスタート地点。川に沿って遊歩道が作られている。「しおのみち」と名付けられているのは、江戸時代、この川で行徳の塩を江戸へ運んだ歴史を踏まえているのだろう。

川の両側は大半がマンションや団地。その向こうにときおりスカイツリーが顔を出す。まだこのあたりでは存在感はない。

小名木川には十六の橋が架かる。小名木川沿い散歩にはこの橋を見る楽しみがある。ただ、東側には見るべき橋は少ない。

そのひとつ、都営新宿線の大島駅に通じる丸八通りに架かる丸八橋は、橋そのものは自動車道路の延長で魅力はないが、橋の北詰に大島稲荷という古い神社が残っているので自然に足を止めたくなる。

「百方《ひやっぽう》の焼けて年逝く小名木川」

愛媛県松山市出身の昭和を代表する俳人、石田波郷《はきょう》は戦後、空襲で大きな被害を受けた江東区の砂町（いまの砂町三丁目）に住んだ。その波郷が焼亡し切った小名木川の周辺（東部）を詠んだ句。

江東区は東京大空襲で大きな被害を受けたが、丸八橋下にある大島稲荷には、まだ江戸の名残りをとどめる芭蕉の句碑が作られている。

「女木川《おなぎ》　秋に添《そい》て行《ゆく》はや末《すえ》は小松川」

句碑のそばには「女木塚《おなぎ》」の石碑がある。荷風は小名木川散策の折り、この碑を自ら愛用のカメラで撮影している。その写真は、昭和十三年、岩波書店刊の小説随筆集『おもかげ』に収められている。

東京大空襲で大打撃を受けた江東区に戦前、荷風が目にした古碑が残っているのはうれしい。

川辺は工場地だった

丸八橋の次の砂島橋は歩道橋のような橋で興は湧かない。次の明治通りに架かる進開橋も橋というより自動車道路。進開橋の次にようやく橋らしい橋、トラス橋が見えてくる。

ＪＲ貨物越中島線の鉄橋。まだ現役で一日に数回、貨物列車が通る。レンガ積みの橋台が時代を感じさせる。

橋の近くに「釜屋の渡《わたし》」跡の案内碑がある。現在の大島一丁目と北砂一丁目を結んでいた渡しが昭和十年代まであったという。近くに江戸時代の鋳物師《いものし》、釜屋六右衛門、七右衛門の鋳造所があったところからその名が付いた。小名木川にも渡しがあったか。

しばらく歩くとX字形の橋がある。ちょうど小名木川と横十間川がぶつかるところ。道路でいえば、十字路のスクランブル交差点のようなもの。平成六年（一九九四）に完成した小名木川クローバー橋。小名木川の橋のなかでは新しい。人道橋。車は通れない。

橋の真ん中に立って北西の向島方面を見ると、目の前にスカイツリーが大きく見える。いつのまにか近づいている。橋の上にはカメラを持った人たちが大勢いる。スカイツリーの撮影ポイントになっているようだ。

江東区を東西に横に流れる小名木川も南北に流れる横十間川も、ひと頃に比べるとずいぶんきれいになった。悪臭はないし、川べりには遊歩道や緑地が作られている。木も多くなっている。

荷風は東京散策記『日和下駄』（一九一四年）のなかで小名木川沿いは工場が立ち並び、すっかり昔の面影がないと記している。

「（略）深川小名木川から猿江《さるえ》あたりの工場町は、工場の建設と無数の煙筒から吐く煤煙と絶間《たえま》なき機械の振動とによりて、稍《やや》西洋風なる余裕なき悲惨なる光景を呈し来った（略）」

川辺は水運の便があることから工場を建てるにはいい。その結果どうしても「煤煙」と「機械の振動」から免れ得ない。

江東区の工場は明治八年（一八七五）に官営のセメント工場（のちの浅野セメント）が現在の清澄一丁目に作られたことに始まる。ちょうど隅田川と小名木川のぶつかるところ。

その後、小名木川、竪川《たてかわ》、横十間川など主要河川沿いに、セメント、砂糖、化学肥料のいわゆる「三白」（これに小麦粉を加えて「四白」とも）の工場が次々に建てられていった。江東区はいわば日本の近代化を支えたといえる。

荷風は、小名木川沿いがすっかり工場町になったとしながらも、散策の場所としては、工場と古い江戸の名残りが混在している大川べりより、いっそ江戸名所の名残りをまったくとどめない小名木川沿いのほうがいいと『日和下駄』の別のところで書いている。

「（私は）今日の大川筋よりも、深川小名木川より猿江裏の如くあたりは全く工場地に変形し江戸名所の名残も容易《たやす》くは尋ねられぬ程になった處《ところ》を選ぶ」

実際、昭和十一年には十二月二十四日に続き、暮れも押しつまった十二月三十日にまた小名木川辺を歩いている。

「午後土州橋の病院に往き注射をなし、乗合バスにて小名木川に抵《いた》る。漫歩中川大橋をわたり、其あたりの風景を写真にうつす。小名木くさやと云う汽船乗場に十七八の田舎娘髪を桃われに結ひ盛装して桟橋に立ち船の来るを待つ」

「中川大橋」は現在の東大島駅近くの旧中川に架かる橋。「くさや」は「草屋」、現在の大島あたり（高橋俊夫『荷風文学閑話』、笠間書院、一九七八年）。当時、小名木川には東京と千葉方面を結ぶ定期の蒸気船が走っていた。「十七八の田舎娘」は「くさや」という船乗り場でその船を待っている。荷風は娘は東京の工場に働きに出て暮れに浦安あたりの漁師の実家に帰るところか、それとも大島あたりの貧家の娘が酌婦に働きに出るのかと想像している。荷風らしい哀感がこもっている。

扇橋、高橋、そして萬年橋

クローバー橋の次は四ツ目通りに架かる小名木川橋。これは平凡な橋だが次の小松橋はトラスの美しい橋。目の前にスカイツリーが見える。ここもツリー撮影の絶好のポイント。橋の欄干のレリーフには、江戸から明治にかけてこのあたりの名所だった「五本松」という名松があしらわれている。

安藤広重の名所江戸百景「小奈木川五本まつ」や小林清親の東京名所図「五本松雨月」。あるいは井上安治の「五本松雨月」に描かれた名松。工場が増えた明治末、煤煙にやられ姿を消した。小林清親と井上安治の絵には小名木川を走る外輪蒸気船が描かれている。房総や茨城方面と東京を結ぶ定期船。こんなに大きな船が走っていたのかと驚く。

小松橋の次には小名木川のハイライト、扇橋閘門《おうぎばしこうもん》がある。閘門とは『国語辞典』によれば「（運河などで）高低の差のある水面で船を調節したりする装置の水門」。パナマ運河を思い浮かべればいい。

石坂善久『東京水路をゆく――艪付きボートから見上げるＴＯＫＹＯ風景』（東洋経済新報社、二〇一〇年）という面白い本がある。小さな個人用モーターボートで東京のあらゆる水路にわけ入った究極の町歩き本。

　このなかで著者は、水路航行の一大イベントは閘門通過にあるとし、東京の現役の閘門を三つ挙げている。旧江戸川の流頭部にある江戸川水閘門、荒川と旧中川の間にある荒川ロックゲート、そして小名木川の扇橋。

なかでも「扇橋閘門は非常に対応が早く、職員の方が常に通航船に声をかけてくれるなど、気配り細やかな閘門として知られています」。川べりからしか見たことがないが、一度、船に乗って閘門通過を体験したい。

　扇橋閘門を過ぎると次が新扇橋、さらに大横川との交差点の次が新高橋と、トラス橋が続く。大富橋、東深川橋は平凡な橋だが、次の西深川橋はまたトラスが美しい。

　その次の高橋は橋の袂《たもと》にどじょう屋、伊せ喜があるので知られる。昔は小名木川の水運で働く人々相手の店であったのだろうが、いまは高級な店になっている。

　高橋から森下にかけてはいい大衆居酒屋が多いが、これも小名木川の水運で働く人たち相手だったのだろう。また高橋から森下にかけての、いわゆるドヤ街も同じ事情で生まれたのだろう。

　高橋の次が隅田川の出入口に架かった萬年橋。江戸時代からあり、芭蕉はこの橋の近くに住んだ

（現在、芭蕉庵史跡展望庭園が作られている）。藤沢周平の短編集『橋ものがたり』（新潮社、一九八三年）の第一篇、涙なくしては読めない「約束」では幼なじみの若い男女が大人になってこの橋の上で再会する約束をする。

永井荷風も「深川の散歩」のなかで萬年橋を渡ったことを記している。東野圭吾原作、西谷弘監督の『容疑者Xの献身』（二〇〇八年）で堤真一演じる容疑者は、この橋の袂にあるアパートに住んでいるという設定になっていた。

旧中川への出入口に架かる番所橋から萬年橋まで、小名木川沿いを踏破した。途中、寄り道などをしたので約三時間かかった。

萬年橋から向島のほうを見ると、さしものスカイツリーもビルにさえぎられてしまって、先端部しか見えない。

今日はまだ余力があるので、塔に近い東向島（昔の玉の井があったところ）にまで出かけてみよう。

東京の西をタテに走る川沿いを行く

残堀川

―――二〇二二年八月

このところ東京の西を走る八高線に凝っている。暇を見ては初めての駅で降りて町を歩く。八王子から五つ目に箱根ヶ崎という駅がある（一九三一年開設）。この駅で降り、町（西多摩郡瑞穂《みずほ》町）を歩いていて、残堀川《ざんぼりがわ》という小さな川が流れていることを知った。

一般に東京の東には川や掘割が多いのに対し、西は川が少ないといわれる。「水の東京」と言われるのは、ほとんどの場合、隅田川を中心とした下町を指している。

それだけに、東京の西をタテに流れる川があるのは珍しく、その川のことが気になった。

それからしばらくして中央線の高尾行きに乗っていたとき、電車が立川駅を過ぎて多摩川を渡る少し手前で小さな川を渡ることに気がついた。中央線には何度も乗っているのに、それまでこの川にはまったく気づかなかった。

地図を見るとこれが瑞穂町で見た残堀川だった。八高線に平行するように流れ、最後、立川で中央線と多摩モノレールをくぐり、多摩川と合流している。全長約一五キロの一級河川。東京にこんな川があるとは恥しいことにまったく知らなかった。

六月のはじめ、水源から多摩川との合流点まで二日間で歩いてみることにした。

水源は小さな池

まず箱根ヶ崎駅で降りる。二代目の駅舎はモダンな建物（二〇〇五年）。橋上駅になっていて、改札口の手前には、町の特産品である狭山茶や、だるま（だるま抱き猫という、猫がだるまを抱いている珍しいものもある）が展示されている。

町には大きな建物はほとんどない。狭山丘陵の裾野に広がる農村地帯だったところで、その名残りの畑があちこちに残っている。町の南には米軍の横田基地がある。戦前、陸軍の飛行場があったところ。戦後、米軍に接収された。南は新しく開けている。

瀟洒な家が建ち並ぶ住宅地を十分ほど歩くと狭山池という、よく整備された池に出る。ただ小さい。井の頭公園の池の半分もない。こんな小さな池が一級河川の水源かと驚いてしまう。

池には小川がいくつか流れ込んでいる。用水らしい。そのなかのひとつをたどってゆくと畑のなかに姿を消してしまった。参考にしたいくつかの資料には、残堀川の水源は狭山池と書いてあるのだが、どうもはっきりしない。

狭山池が湧水なのか、それとも用水が流れこんで出来たものか、事務所の人に聞いてもはっきりしない。例えば、神田川なら井の頭公園のなかの湧水、野川なら国分寺の日立製作所中央研究所のなかにある湧水と水源がはっきりしているのだが、残堀川のおおもとは正確にはよくわからない。

ここでは、通説に従って狭山池としておく。

池から流れた川は南へと下る。親水性の緑道になっている。水の量は多いとはいえないが、「増水時注意」の表示があちこちにあるところを見ると、大雨のときは一気に増えるようだ。昔は農業用水として使われたのだろう。

川幅は一〇メートルほどで一級河川にしては狭い。わが家の近くの善福寺川くらい。両岸はコンクリートになっているが、川底はヨシやガマ、ギボウシなどが生える草むらになっていて水もきれい。ところどころ親水のテラスが作られていて、子供たちが川遊びをしている。都心では見られない光景。住宅地のなかを流れる川にしては自然らしさをかろうじて残している。仲町橋という橋の近くでは、清流にしかすまないというカワセミを見かけて少しく感動した。

このあたりの地形はあくまでも平坦。だから飛行場が作られたのだろう。平坦なために川の流れに勢いがないのは寂しい。ところどころ水たまり状態になっている。

江戸街道という自動車道路を渡って南へ下ると左手に見えてくるスーパーをはじめ、大きな建物が増えてくる。同時に残堀川の様子も冴えなくなる。水量が極端に減ってくる。さっきまでの水はどこへ行ってしまったのか。しかも、川は定規で引いたように直線になる。自然の川がこんなにまっすぐな筈はないから人の手が加えられたのだろう。

左手は以前、日産自動車の広大な敷地のあったところ。たしかテストカーの試走場があった。これもこのあたりの地形が平坦だったからだろう。

この先に戦前、横田基地と同じように陸軍の飛行場（立川基地）が作られたのもやはり東京の周縁にしては平坦な土地があったためだろう。

まっすぐな残堀川が一キロ以上続く。正直、歩いていて楽しくない。やはり道と同じように川も曲がって変化がないと。

このあたりは武蔵村山市。それが立川市に変るあたりで川は左に大きく曲がる。ほっとする。やがて西武拝島線の土手が見えてくる。川はその下を流れてゆく。といっても相変らず水量は少ない。平坦な土地を流れる小さな川はこんなふうなのか。中央線の電車から見える下流の残堀川はもう少し水量が多かった筈だが。上流より下流のほうが水量が多いとはどういうことか。

西武拝島線をくぐると、その先で多摩川の羽村から流れてきた玉川上水とぶつかる。

実は今回、残堀川歩きを試みるに当って楽しみにしていたのは、ここ。川が川とぶつかる。どう交差するのか。

興味津々でその川の交差点に行ってみた。

玉川上水のほうが残堀川の上を流れている。いや、確かに流れているのだが、よく見ると右手（上流）と左手（下流）が残堀川によって断ち切られている。水が途中で消えてしまっている！

水はどこにいったのか。

不思議に思って、上水沿いの遊歩道を歩いてきた地元の人らしい初老の男性に聞くと、「玉川上水の水は残堀川の下をくぐり、サイフォンの原理で揚げられるんだ、私も昔は、不思議に思っていた」と説明してくれた。

なるほどそういうことか。

それにしても満々たる水をたたえた玉川上水に比べ、残堀川の水の少ないこと。まさにチョロチョ

狭山池
狭山丘陵
箱根ケ崎
狭山湖
武蔵村山市
残堀川
米軍横田基地
多摩モノレール
福生市
西武拝島線
玉川上水
拝島
玉川上水
昭和記念
公園
八高線
青梅線
陸上自衛隊
立川駐屯地
昭島市
「雨のステイ
ション」碑
田中冬二
詩碑
立川
多摩川
山中坂
悲歌碑
中央本線

ロ状態。悲しくなる。

玉川上水の交差点から多摩川へ

一日目はこの玉川上水の交差点まで。さすがに六十歳を過ぎた人間が一日、川に沿って約一五キロを歩き切るのは無理。

日を置いて、また歩きに出かけた。この日は玉川上水との交差点から多摩川に合流する最終地点まで約六キロを歩く。

川は相変らず水量が少ない。

やがて前方に深い緑が見えてくる。立川市の昭和記念公園（国営）。戦前は陸軍の飛行場があったところ。戦後、米軍に接収されていた。一九七七年に返還されて、六年後、公園になった（有料）。木は公園を作るときに植えられたものだろうが、みごとな森になっている。人工で作られながら、いまや自然の森になっている明治神宮を思わせる。歩いたのは平日だったので人の姿はほとんどなく、静かな森のなかを歩いているような、いい気分だった。

残堀川はこの緑のなかを流れている。

森のなかの川。ではあるのだが、近づいてよく見ると水がない！　空堀。水はどこに消えてしまったのだろう。

森のなかを流れているのだから水があってもいいと思うのだが、水がない。川底は草むらになっているというのに水がない。こんな川も珍しいのではないか。

それでも不思議なことがある。川沿いを歩いていると、左手には古代ローマの遺跡のコロシアムのような施設が見えてくる。なんだろうと公園の人に聞くと、台風や大雨の時には残堀川が増水するので、その水を引き入れる一種の遊水池だという。

空堀と増水のための遊水池が共存している。実に不思議な川だ。多摩川に近い平坦な土地という地形が影響しているのだろうか。

昭和記念公園は広大で、出入口はたくさんあるが、残堀川に近いのは、青梅線の西立川駅（立川駅の隣り）の前にある出入口。

ここに碑があった。なんだろうと思ってみると、ユーミン、荒井由美の「雨のステイション」の碑。〽雨のステイション　会える気がして　いくつ人影　見送っただろう……のリフレインのあるこの曲は西立川駅を歌ったものだという。思いがけないところでユーミンに出会った。一方、残堀川はと言うと、昭和記念公園から流れ出て青梅線の線路を越え、立川市の市中へと流れてゆく。

これがもう悲惨。川底の草むらも消え、ただのコンクリートの堀。水は見えるが、ほとんど下水と変りない。川というより排水路。狭山池から流れ出た川は、途中、カワセミまでいたというのに町なかに入ると、こんなにも汚れてしまうのか。

湧水によって川が生き返る

つくづく川の悲しさを思って多摩川のほうへ歩いていたら、思いがけないことが起きた。青梅線の踏切りを渡って一キロほど歩いたところ（立川市富士見町四丁目）で、残堀川は突然、一気に崖（立川段丘）を下り、直角に曲がる。

川が直角に曲がることは自然にはないからこれも、川筋を変えるために人の手が加えられたのだろう。ここで用水が流れ込む。

この直角を曲がったあとから残堀川は再び、川らしい川になってくる。狭山池を流れ出た上流に近い形になる。水かさも増してくる。川底の緑も深くなる。多摩川はもうすぐそこ。

なぜ急に、川の様子が変ったのか。

地形が変ったためと思われる。富士見町四丁目で「残堀川は突然、一気に崖を下り」と書いたが、ここには崖がある。

多摩川に向かう崖、崖線である。

当然、その崖のところから水が流れこむ。湧水もあるだろう。それが残堀川の水量を豊かにしてゆく。中流の、以前、日産自動車があったところや、昭和記念公園のなかが、ほとんど水が流れていなかったのに対し、下流の立川市富士見町に入って急に水量が増えてくるのは、この地形の変化のためだろう。

崖線、いわゆる「はけ」である。大岡昇平は『武蔵野夫人』（一九五〇年）のなかで、国分寺付近の地形の特色は、多摩川に向かってゆく崖（はけ）と、崖から流れ出る湧き水（それが集まって流れるのが野川）であると書いたが、同じことがこの立川崖線でも見られる。

崖から湧き出る水が残堀川に流れる。それまでいわば死んでいた川が、この水によって生き返っている。実際、このあたりの残堀川の左手は崖になっていて緑が深い。宅地化が進む立川市に、まだこんな緑があるのかと驚く。

歩いていたら二つの対照的な碑があった。

ひとつは、富士見町四丁目の公園の崖下（川沿い）に建てられた詩人、田中冬二（一八九四―一九八〇年）の詩碑。立教中学出身、銀行員をしながら詩を書いた。安田銀行（のちの富士銀行、現在のみずほ銀行）の立川支店長をしていた縁で、「シクラメンの花と」という、近くの花屋から暮れにシクラメンが届けられた喜びを謳った詩が碑に刻まれている。

もうひとつの碑はそれとは対照的なもの。「山中坂悲歌」という。このあたりは崖線だから坂が多かった。戦時中、山中坂という川沿いの坂に防空壕が作られた。

立川は前述したように現在の昭和記念公園のところに陸軍の飛行場があった。そのために、たびたび米軍の爆撃にさらされた。山中坂にあった防空壕も昭和二十年の終戦直前に直撃を受け、子供三十二名を含む四十二名が亡くなったという。

崖線という地形がもたらした悲劇である。東京空襲の悲劇は下町を中心に語られることが多いが、西東京のこんな小さな町にも残っている。

二つの碑を過ぎると、残堀川は中央線のガードをくぐる。さらに行くと、立川駅から多摩センターに向かう多摩モノレールにぶつかる。そこが、瑞穂町の狭山池から流れ出た残堀川のゴールだった。東京の西を流れる川は、神田川を始め、善福寺川、妙正寺川と、西から東の隅田川に向かって流れるヨコの川が多い。そんななか、瑞穂町の狭山池から多摩川までわずか一五キロとはいえ北から東へ、タテに流れる川は珍しい。

ちょうど鉄道の南と北を結ぶ武蔵野線が珍しいように。東京の西の川では貴重な川といえるだろう。

かつて印刷所があった町

神田

——二〇一〇年三月

永井荷風の読者にとって神田といえば、まず『濹東綺譚』の冒頭に出てくる神田錦町（現在の錦町三丁目）にあった錦輝館《きんきかん》だろう。

活動写真、政治演説、そして祭り

「わたしは殆《ほとん》ど活動写真を見に行ったことがない。
おぼろ気な記憶をたどれば、明治三十年頃でもあろう。神田錦町にあった貸席錦輝館で、サンフランシスコ市街の光景を写したものを見たことがあった。活動写真という言葉ができたのも恐らくはその時分からであろう」

錦輝館は明治二十四年（一八九一）に開場している。貸席、いまふうにいえばホールだろうか。二階建てで上は料理屋だったという。

永井龍男の『石版 東京図絵』（中央公論社、一九六七年）には、「活動写真は、明治二十九、三十年頃にはすでに輸入され、三十年二月には歌舞伎座に朝野の名士たちを招待して『バイタスコープ』の披露を行ない、ついで神田の錦輝館で一般公開している」とある。

東京で最初に活動写真を一般公開したところが神田の錦輝館といっていいだろう。活動写真といっても当初はまだストーリーなどなく、荷風が見たサンフランシスコのような外国の風景とか、ただ人間が動き、汽車が走っているところを見せるといった素朴なものでしかなかったが、大反響を呼び、やがてそれがストーリーのある活動写真に発展していった。

錦輝館が東京での最初の映画館となったのはいうまでもなく当時、神田は東京でも一、二を争うにぎやかな町だったから。

明治十八年（一八八五）に神田に生まれた中勘助は自伝的小説『銀の匙』のなかで「私の生まれたのは神田の中の神田ともいうべく、火事や喧嘩や酔っぱらいや泥棒の絶えまないところであった」と書いているが、これも神田が盛り場だったからだろう。

錦輝館は演説会場に使われることも多かった。野田宇太郎『文学散歩　第三巻』（文一総合出版、一九七八年）によれば、明治二十四年、開場したての錦輝館は板垣退助の立憲自由党の演説会場になった。会場は予想通り、大荒れになり、暴漢が壇上に跳り上がって板垣退助の胸ぐらをつかむという騒ぎもあったという。

明治四十一年には社会主義者の集会が開かれ、散会後、一同が神田の町を赤旗を立ててデモ行進を行ない、それを阻止しようとする警官と衝突した。荒畑寒村、大杉栄はこの時、拘引されている。いわゆる赤旗事件。

錦輝館が政治演説会や大集会の場として有名になったのは、神田には知識人や学生が集まりやすかったからだろう。神田には印刷所も多く、そこで働く労働者もしばしば錦輝館に出入りした。神田は密集地帯だったため火事が多く、錦輝館は大正初めに火事で消えた。

永井龍男は明治三十七年（一九〇四）、神田の駿河台下、猿楽町生まれ。父親は錦町の出版社の校正係をしていたが、肺を病んでいたために十分に働くことが出来ず、家は貧しかった。

前出の回想小説『石版 東京図会』は明治末から大正にかけての神田界隈に育った子供たちの姿が生き生きと描かれている。

裏通りや横丁は子供たちの遊び場所になる。そこには子供相手の物売りがやってくる。「飴《あめ》屋にしんこ細工、いり立て豆屋にもんじ焼きと、数えれば切りがないほどである」

べエ独楽《ごま》やメンコはもっとも人気があった子供の遊び。そして子供たちにとっていちばんの楽しみは、招魂社（靖国神社）の秋季大祭。神田の子供たちは、小遣いを握りしめ九段の急坂を登って祭に出かける。学校も休みになる。花火があがる。

「九段坂を上るあたりから、両側にぎっしり屋台店が並び、食べものからおもちゃまで、なんでも売っていないものはなかった。いり立て豆屋は、ぷすんぷすん豆の弾ける音をさせながら、よくおこった火の上で金網作りの籠《かご》をゆすっていたし、金太郎飴屋はチョンチョン端から、のみを使って飴をかいているに違いない。

上りも下りも、後《あと》から後から参拝客の途絶える時はなく、その人達の頭の上を吹きまわるのは曲馬団の楽隊を乗せた風である」

永井龍男の随筆集『東京の横丁』（講談社、一九九一年）には次のようにある。

「おそらく、靖国神社は、祭りとしては日本一の規模だったろう。日本中の見世物が九段に集り、日本中の屋台見世がこぞって店を張ったに違いない。そのような渡世の人が誇りをもって参集したと云ってよかろう」

招魂社の秋季大祭、これに神田明神の祭りを加えれば、神田っ子は大きな祭りに恵まれていた。

小説に描かれた神田の印刷所

『石版　東京図会』には、順造という錦華小学校に通う子供が描かれる。永井龍男の分身といっていいだろう。

錦町の印刷屋で働いている父親が長く床に就くことになり、小学生の順造が印刷屋に「小僧」として働きに出る。ちなみにこの時代のことは、現在、教科書にも載っている永井龍男の短編『黒い御飯』に描かれている。

順造は神保町の印刷屋に働きに出る。

「主人夫婦にお目見得した後《あと》、主人は順造を仕事へ連れて行って、職人たちに簡単に引き合わせた。

活字のケースとケースの間が狭い通路で、昼間だというのにガス燈と電燈がつき、そこでせっせと活字を拾っている。ひどい近眼の小父さんもいた。

バッタンバッタン、一々音を立てて、刷り上った紙をさばく機械が一台、そうかと思うと、一枚一枚葉書を刷る手押しの機械が数台並んでいた」

神田は大学が多かったこと、出版社が多かったことから印刷所も多かった。順造はそのひとつで働くことになる。活字を見ている順造の姿は宮沢賢治『銀河鉄道の夜』の印刷所で働くジョバンニ少年を思い出させる。

順造は真面目に働く。それを知って、近所に下宿している「飯沼さん」という大きな印刷所で英語の本の係をしている青年が順造のことを可愛がってくれる。

「飯沼さん」は三崎町の三光堂印刷という工場で働いている。順造にこんな説明をしている。

「三光堂は順ちゃんも知っているだろう。神保町に大きな店がある本屋だ。あすこで出す字引類や、中等や高等学校で使う本を主《おも》に、印刷する工場なんだ」

順造がこう受ける。

「知ってる知ってる。学校で使う標本や地図を作るんだろう」

「三光堂」とは「三省堂」のことだろう。

この「飯沼さん」は人柄もよく、努力家だが、ある時、警察に呼ばれる。子供の順造には詳しい事情は分からないが、町では「主義者」だと噂がたつ。おそらく「飯沼さん」は、錦輝館で開かれた社会主義者の演説会に行ったことがあるのだろう。

英語の植字工だから、当時としてはインテリだったのではないか。田舎から叔父さんを頼って東京に出て来て、正則英語学校の夜学に通って英語を学んだ。明治の青年らしい努力の人である。

そして社会主義思想を知るようになり、「主義者」の噂が立った。順造の父親は「幸徳事件の、かたわれかも知れない」という。その後、「飯沼さん」は欧文植字工の組合を作る。

松本清張は少年時代に印刷工として働いたことがある。そのためか「鬼畜」「二階」「天城越え」などで町の小さな印刷所を登場させている。

もうひとつ長編『遠い接近』(一九七二年)がある。

戦時中、妻子のある印刷所の主人が兵隊に取られ苦労する。そして、自分を嫌っていた町の徴兵を担当する兵事係が恣意的に赤紙を出したことを知り、戦後、その男に復讐するという異色の物語。

「山尾信治」という主人公は、小学校を出るとすぐに浅草の画版所に入った。徒弟制度で五年間辛抱し、一人前の職人になり、四年間奉公した。その後、品川の大きな印刷所に入った。二十五歳の時に独立した。

「神田の小川町裏に家を借りて自営となった」

松本清張が印刷所を小川町に設定したのは、神田界隈に印刷所が多いことを知っていたからだろう。

神田というと神保町の古本屋のことばかりが語られるが、松本清張は印刷所にも目を向けている。

「小川町の裏通りに住んでいる彼は、神田から四谷にかけて二つの大きなオフセット印刷所と三つの小さな石版印刷所を持っている」

いわば下請けだが仕事は途切れずあり、暮らしは安定している。ところが三十一歳になって赤紙が出る。働き手を失った小さな印刷所は立ち行かなくなってゆく。

有馬頼義と神田

神田が印刷所の町だったことを教えてくれる小説に有馬頼義の自伝的小説『少年の孤独』（角川書店、一九六三年）がある。

主人公の「帯刀康夫」は、兵隊に取られ満州で約四年の兵隊生活を送ったあと、昭和十八年に東京に帰ってくる。

戦争の先行きは暗い。また兵隊に取られるかもしれない。今度は生還出来ないだろう。何か生きている証しを残したい。

そこでひそかに書きためた小説を自費出版しようと思い立つ。もとより戦時下にまともな出版が叶うとは思っていない。たった一部でも出来ればいい。

そこで、知り合いの西山という老人の印刷所を訪ねる。神田にある。西山老人はこの時世に小説の印刷など出来るわけがないと断わるが、康夫が熱心に頼むのでこんな条件を出す。

「あんたが、此処へ来て、自分で活字を拾うなら、本一冊分の紙位、何とかしよう」

その日から康夫は、経堂の家から神田の印刷所に毎日のように通って活字を拾う。

ちなみに康夫は兵隊に行く前に、小説を書きとめた大事なノートを林芙美子に預けた。帰国した時に林芙美子を訪ね、保管されていたノートを受け取った。そのノートには「花のいのち」と林芙美子が題をつけてくれていた。

原稿用紙にすると三百枚ほどになった。それを活字に組む。

「三百枚の原稿を、一人で活字を拾って印刷する、というのは、容易なことではなかった。素人の悲しさで、行間の間隔もめちゃくちゃであり、字詰も、そろっていない。朝、神田に行って、前の日にし残した仕事が、時々終わっているのに気づくことがあった。夜半に、西山が、手伝ってくれているようであった」

いい印刷所の主人である。しかし、昭和十九年十一月三十日。東京を襲った最初の夜間空襲によって神田は焼け、印刷所の主人は死んでしまう。康夫の自宅のある経堂は無事だった。市中ゆえの悲劇である。

水上勉の自伝的小説『凍《い》てる庭』（新潮文庫、一九七五年）によると、神田駅周辺は昭和二十年の二月二十七日の空襲によっても大きな被害を受けたという。

ただ須田町、淡路町、駿河台にかけては焼けなかった。あのあたりに戦前の建物がまだ残っているのはそのため。

戦後、神田駅周辺は中小の問屋が集中し、神田村と呼ばれる問屋街が作られていった。吉川良の『神田村』は、そのなかのひとつ、医療用品問屋に材をとっていて、語られることの少ない神田の一面をよく描いている。神田といっても神保町の古本屋街だけではないことが分かる。

ガスタンクが見えた宿場町

旧「板橋宿」界隈散策

——二〇一〇年九月

埼京線で池袋の次の板橋駅は決して大きな駅ではない。いい意味のローカルの味わいを残している。駅舎は昭和二十八年（一九五三）に作られた四代目。高架になっていない。電車は地上を走る。従って駅近くにはいまや都心では珍しくなっている踏切が残っている。

板橋駅は板橋区と北区と豊島区の三区にまたがっている。三区が接するところに位置するため。こんな駅は珍しい。

東口の広場には幕末、板橋の刑場で処刑された近藤勇の墓がある。囚われの身になった近藤勇は処刑まで板橋宿の豊田家という脇本陣に置かれていた。

西口にも広場がある。西口は終戦後、闇市がにぎわった。都内では最後まで残っていたが、昭和二十四年に区画整理で姿を消した。

板橋駅の開設は明治十八年（一八八五）と早い。渋谷、目白、赤羽と同じ。明治三十六年（一九〇三）開設の池袋駅より早い。品川宿と板橋宿が鉄道で結ばれ、このあと宿場は次第にさびれてゆく。

板橋宿はいうまでもなく江戸五街道のひとつ、中山道《なかせんどう》の日本橋の次の宿。日本橋からは約十キロ。日本橋側からいって平尾宿、中宿、上宿の三つに分かれ、三つをまとめて板橋宿といった。中心は中宿で本陣や高級料館が並んでいた。遊郭もここにあった。

遊郭があった頃

中国文学者（慶応の先生）、奥野信太郎は昭和二十六年に出版した『随筆 東京』（東和社）のなかで、戦後の板橋は、吉原や洲崎などの旧遊郭が、カフェーの目立つ「特飲の巷」となってしまったのに対し、「この土地だけはさういふ種類のカフェーを一切設けないで、新たに三業地復活してゐるところに著しい特色がある」としている。

都心から離れているだけに古いものが残っていたのだろう。また遊郭の建物には空襲に遭わなかったものもある。

板橋宿では「新ふじ」という木造三階建ての娼館が有名で、この建物は戦後、「都病院」に変わったが、建物そのものは戦後も長く残っていた。

奥野信太郎の『随筆 東京』には、永井荷風『濹東綺譚』の挿絵で知られる洋画家、木村荘八のスケッチした旧「新ふじ」の絵が添えられているが、それを見るとみごとな建物。

近年、池内紀さんによって再評価されている東京散策を愛した随筆家、岩本素白が昭和二十七年に書いた小随筆「板橋から」（『素白随筆遺珠・学芸文集』平凡社ライブラリー、二〇〇九年）にも、旧「新ふじ」の建物について語られている。

ある日、素白は旧中山道の板橋宿を歩く。路地を抜けようとして大きな建物の背中に気づく。

「(略) 窓や何かの工合が異様な造りで、通りを出て見ると今は病院になって居ますが、総三階造りで、往来に面した方は総て硝子障子《ガラスしょうじ》になって居ます、入り口は唐破風《からはふ》造り (略)」。娼館「新ふじ」の偉容を伝えている。

東京に都電が走っていた昭和三十年代の写真を多数載せた貴重な本、野尻泰彦『写真で綴る東京都電風土記』(伸光社、一九八四年) にも旧「新ふじ」の写真がある。昭和三十八年撮影のもので、当時は「都荘」というアパートになっていたようだ。

岩本素白の「板橋だより」によれば昭和二十七年ごろの旧中山道には、小さくはあるが娼館らしい建物がその後、商家に改造されて何軒か残っていたという。

奥野信太郎『随筆 東京』には大正時代の板橋宿の遊郭の愉快な思い出が語られている。奥野信太郎は明治三十二年 (一八九九) 東京生まれ。番町小学校を出て、開成中学に入学 (当時は、神田の淡路町にあった)。

この学校の年中行事のひとつにマラソン大会があった。毎年六月、巣鴨駅から大宮の氷川神社まで走る。距離はゆうに二十キロを超える。

「夏のことであるからちゃうど七時過ぎ、まさに遊郭にさしかかるころには、そここの娼楼の玄関口には嫖客を送り出した」女性たちが長襦袢姿で物珍しそうに学生たちを見る。なかには中学生たちをひやかすものもいる。こちらも負けていない。やり返す。

困ったのは引率の先生たちで、板橋遊郭をはしゃいで通過していく悪童たちの列のなかでひたすら正面を向いて進んだ。先生のなかにはのちに哲学者として知られる若き日の田辺元《はじめ》と、考古学者として知られる原田淑人《よしと》がいたという。真面目な二人は大いに困惑したことだろう。

「おそらく岩の坂あたりまできたときには若い両先生ともほっと息をつかれたにちがいない」

大正時代の愉快な思い出である。「岩の坂」とあるのは、現在の板橋本町あたり。中山道の石神井川に架かる板橋を渡り、名所「縁切り榎」を過ぎ、北へ少し行ったところ。

小板橋二郎の『ふるさとは貧民窟《スラム》なりき』（風媒社、一九九三年。のち、ちくま文庫）によると、ここは戦前から戦後にかけてはスラムがあったという。小板橋さんは昭和十三年にそこで生まれている。

「貧民窟」というと暗く、みじめなところと一般には思われるかもしれないが、小板橋さんによれば
「自由でエキサイティングですばらしい社会」だったという。

なぜか。そこにはさまざまな人間が、わけへだてなく暮していたから。貧しい労働者だけではなく、やくざもパンパンも朝鮮人もみんな一緒。どんな人間でもこの町では受け入れられていたという。

この岩の坂も現在はまったく面影は残っていない。

思い出のガスタンク

板橋というと私などの世代では東京ガスの二つの大きなガスタンクの思い出が強い。現在の埼京線（以前は赤羽線）の電車が板橋駅を出てすぐ、右側に大きく見えた。

正式には、北区の滝野川にあり「東京ガス滝野川整圧所」だが、一般には板橋駅に近いので「板橋

のガスタンク」と呼ばれていた。

中山道沿いにあり、そこを走る都電、18系統（神田橋—志村坂上）と41系統（巣鴨車庫前—志村橋）からも間近に見えた。まわりにはまだ大きな建物はなかったから、普通以上に大きく見えた。

昭和四十年に出版された本格ミステリーの第一人者、鮎川哲也の『死のある風景』にこのガスタンクが登場する。

「ガスタンクの円筒が城砦のようにそそりたっていた」

現在のガスタンクは球形だが、以前は円筒型で、技術的なことはわからないが、なかに入っているガスの容量によって、遠くから見るとガスタンクが高くなったり、低くなったりする。お化け煙突と同じように、それが不思議だった。


板橋駅の東口、北区滝野川に以前、木本書店という演劇関係の本が充実している、古風ないい古本屋があった。『濹東綺譚』の冒頭に出てくる浅草裏の古本屋の主人のような、老店主の雰囲気もよかった。よく目録を送ってもらっていて、板橋に行くときは必ず木本書店に立ち寄った。

このところ、行っていないが、店は健在だろうか。

養育院と日曜寺

板橋といえば、渋沢栄一が初代院長を勤めた東京市の養老院を忘れてはならない。もともとは本郷にあったが、大正時代に板橋に移った。貧しい病人や高齢者を受け入れた。山本周五郎原作、黒澤明監督の『赤ひげ』（一九六五年）の小石川養生所のようなところ。

長谷川利行（一八九一―一九四〇）という放浪の画家がいる。「お化け煙突」「タンク街道」「地下鉄ストア」などの絵で知られる。

生前も評価されていたが、家を持たず（ということはアトリエを持たず）、場末の木賃宿を転々としながら自由に東京の風景を描き続けた。

日中戦争が激しくなった昭和十五年、東京の三河島の路上で倒れ、そのまま病院に運ばれ、五ヶ月後に亡くなった。

運ばれた病院が板橋養育院だった。ここはいまも東京都健康長寿医療センターと併設されている。院内には渋沢栄一の銅像がある。

「地下鉄ストア」の縁からだろうか、地下鉄ストアのあった上野の不忍池、弁天島には昭和四十四年に「利行碑」が建てられた。

養育院から少し北へ行ったところ（大和町）に日曜寺という徳川吉宗の時代に作られた真言宗の寺がある。先立って板橋散歩をした時にここに立ち寄った。

というのは、徳川最後の将軍、徳川慶喜はカメラ道楽で知られたが、明治三十年頃、巣鴨に住んだ慶喜は、日曜寺をカメラにとらえているからだ。まだ住宅はない。田畑の中に木々に囲まれた寺が建っている。ある本で見たその写真がなかなかよく、日曜寺のことが気になっていた。

いまは家に囲まれてしまっているが、それでも小さな寺の境内はきれいに手入れされていて清潔そのもの。思わず本堂に手を合わせる。

カメラといえば板橋区はカメラのメーカーが数多くあったところ。カメラに必要なフィルムも作られた。小豆沢《あずさわ》には昭和七年に、大日本セルロイドという会社が国産最初のフィルムを作ったことを記念する碑が建てられている。

板橋区は昭和四十年頃まで都内有数の工場の多いところだったという。昭和三十九年に公開された日活の青春映画、森永健次郎監督の『あゝ青春の胸の血は』は、板橋区内、とりわけ荒川沿いでロケされているが、荒川でボートの練習をする大学のボート部員、山内賢と愛し合うようになる和泉雅子は、板橋区の玩具工場で働く女性だった。

近代工業の地だった石神井川界隈

板橋区の近代工業は明治はじめに、石神井川に沿った加賀藩下屋敷跡（現在の板橋区加賀）を陸軍が買い取り、そこに火薬工場を建てたのがはじまりという。

やがて、その周辺に兵器や光学器械を作る工場が作られていった。カメラやフィルムのメーカーが作られたのもその流れだろう。

いま、石神井川沿いのかつて工場があったあたりは再開発され、きれいなマンションが建ち並んでいる。その一画の緑地に、工場の一部だというレンガの壁が残されているのが往時を感じさせる。

このあたり石神井川は深いところを流れている。ちょっとした渓谷のよう。石神井川がこんなにも深いところを流れているとは知らなかった。

加賀を流れる石神井川から少し南に下ったところにあるのが都立北園高校。敬愛するドイツ文学者、種村季弘さんの母校である。

清野《せいの》とおるの御近所漫画『東京都北区赤羽』（Bbmf マガジン、二〇〇八〜二〇一二年）を愛読している。赤羽に一人暮しする若い漫画家が、町で会った奇人、変人たちをユーモラスに紹介してゆく。赤羽には、こんなに面白い人たちがいるのか。

この主人公（清野とおる自身と思われる）、北区赤羽の生まれかと思ったら、生まれは実はお隣り板橋区だった。

ある時、赤羽の商店街で犬を抱いた老人に会う。どこかで見た顔だと思ったら、子供の頃によく遊んだ（そしていたずらをした）板橋の児童館の館長さんだった。

赤羽篇の次は、板橋篇を描いて欲しい。

乱歩が暮らした町

西池袋・立教大学界隈

　二〇一〇年から二年間だけ、立教大学で日本文学を教えた。

　約四十年間、筆一本で生きてきた人間なのでこの年齢で大学の先生になるのには抵抗があったが、二〇〇八年に、家内を亡くして一人暮しになった男やもめのことを心配して、漱石や乱歩、清張の研究家として知られる文学部の藤井淑禎《ひでただ》先生が、少し人と会った方がいいと誘ってくれた。

　一人暮しになると人と話すことが極端に少なくなる。話す相手は宅配便の人や、近所のスーパーのレジの女性だけという日が何日も続くことがある。これではいけないと思っていたところ、藤井先生の「学生に教えるのは一種の子育て」という言葉に心が動いた。

　特任教授という一種のゲストで、学生に教えるだけでいい。教授会や学校の行事などに出なくてもいい。これは有難かった。

　以前、立教で特任教授をしていた畏友、三浦雅士さんから「立教はこぢんまりとしていていい」とすすめられたのも大きい。

　また、立教の文学部といえば、文芸評論の仕事をする上でもっとも影響を受けた、名著『都市空間のなかの文学』（筑摩書房、一九八二年）を書いた亡き前田愛さんが教鞭をとられていたところ。藤井先

――二〇一〇年十月

生はその教え子になる。

そんなことで二年間、週に一度、池袋にある立教大学に通った。授業は一日に三回。主に永井荷風について、また、前田愛さんに倣って都市と文学について話す。

正直、生身の人間を相手に話すのは疲れて、夕方、家に帰るとぐったりしたりした。ただ思ったより苦にならないのは、学生たちが想像以上に真面目で熱心だったこと。

それにすれていない。たとえば、私のことなどあまり知らない学生が多い。ある時、授業のあと可愛い女生徒（文学部は圧倒的に女性が多い）が遠慮がちに話しかけてきた。私がプログラムの選定をしている神保町シアターのチラシを持っている。そこに「川本三郎選」とある。そのチラシを差し出しながら、「あの、これって先生のことですか」と聞く。なんでも神保町のどこかの店でアルバイトをしていて、このチラシを見たという。「そうだ」というと、女生徒は「そうなんだ」と長年の疑問が解けたように安心して去っていった。

あるいは、ある時、吉田秋生の漫画『蟬時雨のやむ頃』（小学館、二〇〇七年）について少し話した。授業が終ったあと、またひとりの女生徒が遠慮しながらやってくる。そして「私も吉田秋生、大好きです」と言って恥ずかしそうに立ち去って行った。

なんとも可愛い生徒が多い。藤井先生の言われた「子育て」の意味が分かる気がした。

三浦雅士さんが言うように立教は「こぢんまりとしていていい」。キャンパスは六大学のなかでいちばん小さいのではないか。

そしてキャンパスがきれいだ。ツタのからまるレンガ造りの建物や、チャペルがある。プラタナス（すずかけ）の並木道があり、そこには、戦前の立教の卒業生である人気歌手、灰田勝彦が戦前に歌って大ヒットした「鈴懸の径《みち》」の歌碑が作られている。そういえば、二〇〇五年に、九十二歳で亡くなられた名優、池部良も立教の卒業生。

きれいなキャンパスだからだろう、よく映画やテレビドラマのロケに使われるという。近年では柳町光男監督の、大学の映研の学生たちを描く『カミュなんて知らない』（二〇〇五年）が立教でロケされている。

少子化によって大学の経営が苦しくなっている時代、立教は学生の数が増えている人気校だと事務の人に聞いた。

以前は授業と授業のあいだの休憩時間は十分だった。それが近年、十五分に延長になった。女生徒が多く、十分ではトイレタイムが短すぎるためという。

井の頭線の浜田山駅近くに住んでいる。よく吉祥寺まで散歩する。途中の三鷹台に立教女学院がある。ここは、石坂洋次郎原作、今井正監督の『青い山脈』（一九四九年）のテニスの場面が撮影されたところ。終戦直後の混乱期にミッション・スクールとして穏やかな雰囲気を残していたからロケ地に選ばれたのだろう。

立教大学が所有する土蔵

立教大学は明治七年（一八七四）、アメリカ聖公会（プロテスタント）の宣教師、チャニング・ムーア・ウィリアムズ主教によって築地の外国人居留地に設立された。聖書と英語を教えた。生徒わずか五人からスタートした。

その後、築地が手狭になり、大正七年（一九一八）に現在の池袋に移った。ちなみに当時の大学は男子学生のみ。女子学生がはじめて入学するのは、戦後、昭和二十一年（一九四六）のこと。現在、女生徒でいっぱいの「花園」のようなキャンパスを思うと隔世の感がある。

立教大学に接して古い土蔵が残る家がある。

江戸川乱歩が住んでいた家。現在、立教大学が所有、管理し、厖大な書籍の入った土蔵を一般に公開している。大学によるよき文化財保護である。

乱歩の子息、平井隆太郎氏は立教大学社会学部の教授だったし、その子息、憲太郎氏（編集者）は立教大学の卒業生。縁が深い。乱歩は昭和二十四年（一九四九）に文学部で講演をしている。ちょうどポーの没後百年の年で演題は「探偵作家としてのポー」だったという。

乱歩がここ（西池袋）に移り住んだのは昭和九年（一九三四）。昭和四十年、脳出血のため亡くなる（七十歳）まで三十一年間住んだことになる。東京に出てから四十回以上、居を変えた引越し魔の乱歩としては珍しい。土蔵があるのと、閑静な住宅街だったので気に入ったようだ。

回想記『探偵小説四十年』（桃源社、一九六一年）によると、それまで芝高輪のやはり土蔵のある家に住んでいたが、京浜国道と東海道線の近くだったので騒音に悩まされた。一年ほどで我慢出来なくなり二ヵ月ほど借家を探したあと、池袋に格好の家を見つけて、そこに引越した。

「池袋の家にも昔風の土蔵がついていた。実はそれが気に入ったのである」

土蔵を書斎にしていたこともある。

乱歩は人づきあいのいい方ではなかったが、戦時中、隣組の防空群長として活発に働いたのは意外。町は勤め人たちが多く、昼間家にいる乱歩が選ばれた。「そして私はその役目を進んで引き受けたのである」。孤独癖の強かった乱歩が女性たちの指揮をとり、号令をかける姿に家族は大いに驚いたという。

乱歩の活躍にもかかわらず池袋の町は東京空襲で大半が焼失したが、乱歩邸の土蔵は奇跡的に焼け残った。また立教大学の校舎も無事だった。ミッション・スクールなので米軍が遠慮したとも。

乱歩は戦争末期、福島市の近くに疎開したが、終戦の年の十二月、東京に戻り、池袋の家で再び作家活動に入った。

田村隆一と谷端川

詩人の田村隆一は若き日、創立されたばかりの早川書房の編集者をしていた。仕事柄、乱歩に会いによく乱歩邸に足を運んだ。

「金銭出納簿」という回想エッセイで書いている。

「そのころぼくは大塚に住んでいた。池袋の江戸川先生のお宅へ、週に一度ぐらいはお邪魔しては、ハヤカワ・ミステリの企画についてご教示を仰いだ」

「古風なお屋敷で、立教大学の馬場と隣接していた。先生の書斎は、奥の方にあって、ぼくは棟方志功の板画《ママ》がかかっている八畳間で、先生がお出ましになるまで、塀越しの馬場の方に目をやって、女子学生が馬を乗りまわしているところを空想したりしていた。やがて、奥の方で大きな咳払いがし、途中の廊下にある厠に先生が入る音がきこえ、それからセカセカと海坊主のような先生が八畳間にご入来になる」

乱歩は分厚い金銭出納簿を持っている。これは読書ノートでこれまで原書で読んだ海外ミステリの感想が記されている。ウィリアム・アイリッシュ『幻の女』、ジョセフィン・ティ『時の娘』、ニコラス・ブレイク『野獣死すべし』、レイモンド・チャンドラー『長いお別れ』などなど。戦後のミステリ界をリードしたハヤカワ・ポケット・ミステリは池袋の乱歩邸から生まれたことが分かる。


昼休みには大学の近くをよく散歩した。乱歩邸を通り過ぎると、有楽町線の要町《かなめちょう》駅に向かう要町通りに出る。ミステリに強い出版社、光文社があり、その並びに祥雲寺という大きな寺がある。首切り朝右衛門こと山田朝右衛門（八代目）の墓があることで知られる。

ある時、ここの墓地を歩いていたら奥の方にひときわカラフルな墓がある。見ると平成十年（一九九八）に六十歳で亡くなった石ノ森章太郎の墓だった。

カラフルに見えたのは墓の左側に、石ノ森作品のキャラクター、サイボーグ009や仮面ライダーが石板に描かれているためだった。

石ノ森章太郎はよく知られているように若い頃、同じ豊島区内の西武池袋線椎名町駅の近くにあった伝説のアパート、トキワ荘で暮した。同じ豊島区の縁で祥雲寺に墓が作られたのだろう。

池袋モンパルナスの町は今

立教に行った日の帰りは池袋には出ず、大学の裏手のほうから目白方向に歩く。しばらく歩くと羽仁吉一、もと子夫妻が大正十年（一九二一）に設立した自由学園発祥の地に出る（現在学園は東久留米市にある）。校舎は帝国ホテルの設計者として知られるフランク・ロイド・ライトとその弟子の遠藤新《あらた》の設計による。アメリカ中西部の大草原に似合う平たい家、いわゆるプレリー・ハウスがライトの特色だが「明日館《みようにちかん》」と名付けられた校舎も同様。現在、重要文化財に指定され、動態保存（建物を使いながら保存してゆく）されている。個人的なことになるが、私の姪は建築会社で設計の仕事をしている。同僚と結婚し、明日館で式を挙げた。

明日館のそばに「上《あが》り屋敷公園」という静かな公園がある。西武池袋線は現在、池袋駅の次の駅は椎名町駅だが以前、そのあいだに上り屋敷駅があった。あまりに近すぎるので廃駅となったがその名前が公園に残っている。

ここから椎名町駅はすぐ。この界隈は「池袋モンパルナス」として昔、画家が数多く住んだところとして語り継がれている。また現在でも銭湯の多い町として知られている。

銭湯好きの田村隆一は若い頃、西落合の木賃アパートに住んでいて、椎名町駅の隣の東長崎あたりの銭湯を渡り歩いたと「金銭出納簿」で書いている。

「昼間の銭湯の味を知ると、堅気の勤め人には、どうしてもなれない」

立教の帰り、椎名町まで歩き、開店したての銭湯に入る。それがささやかな楽しみだった。

3 文学、映画、ここにあり

文士が体験した関東大震災

――二〇一二年九月

大正十二年（一九二三）九月一日、関東大震災が起きた時、永井荷風は麻布市兵衛町の自宅、偏奇館にいた。

『断腸亭日乗』九月一日。「日将《まさ》に午《ひる》ならむとする時天地忽《たちまち》鳴動す」。荷風は読書中だったが、本棚の本が落ちてくるので驚いて窓を開けて外を見る。外は土埃が濛々《もうもう》としている。近所の家々の瓦が落下したためと分かる。余震が何度かあるが、幸い偏奇館の屋根瓦が少し滑っただけで窓の扉も落ちていない。

「天罰なり」

安堵して近くの山形ホテルに昼食をとる。麻布の高台では下町のような大きな被害はなかったのだろう。それでも火事は偏奇館の近くまで迫ったし（幸いに一町ほど手前のところで火はおさまる）、余震は続く。

翌二日には「樹下に露宿す」とある。家屋倒壊を心配して庭で寝ている。また、とかく孤高狷介《ここうけんかい》が言われる荷風だが非常の時にあって家族を案じている。四日には西大久保に住む母を訪ね、その安全を確認。さらに下町の下谷に住むすぐ下の弟、牧師をしている貞二郎の家族を探しに避難先の上野公園に、西大久保から歩いて出かける。この日は探すことが出来ず空しく西大久保の母の家に戻る。「疲労して一宿す」

翌五日、貞二郎が母の家に現われる。「相見て無事を賀す」。家族思いという荷風の意外な一面が垣間見える。大災害に接しては単独者、荷風といえども家族を案じている。

六日は「疲労して家を出る力なし」。当時四十三歳の荷風だが、混乱のなか、麻布から大久保、大久保から上野、さらに上野から大久保、大久保から麻布と歩いたから「疲労」している。三・一一の大地震の帰宅困難者を思わせる。

ひと月たって少し落ち着いてくる。十月三日。丸の内の銀行に出かける。途中、日比谷公園を通る。林間に仮小屋が作られ、「糞尿の臭気堪ふ可からず」。

帰り、愛宕下から市兵衛町の高台に向かう江戸見坂から振り返って見ると「一望唯渺〻たる焦土」。さえぎるものがないので房総の山影が真近に見える。「帝都荒廃の光景哀れといふも愚なり」。焦土となった東京の惨状に愕然としている。さらに言う。「この度の災禍は実に天罰なりと謂ふ可し」。「天罰」といっているが、自分を含めてのことだから嫌味には聞えない。

谷崎潤一郎は当時、横浜の本牧に暮していた。八月、家族を連れて箱根へ避暑に行った。八月末、娘の学校の新学期が始まるので家族を連れて本牧の家に戻った。そのあと谷崎だけはまた箱根に戻った。その箱根を走るバスのなかで地震に遭った。

そして谷崎もまた家族のことを思う。

「まず第一に考えたのは横浜にある妻子どもの安否であった」（「東京をおもう」）

それからの谷崎の動きは早い。小涌谷ホテルで一泊したあと横浜から鉄道で東京へ出るのは無理と判断すると、いったん関西に行き神戸から船で東京に向かう〝遠まわり〟を考える。そしてこれが成功する。箱根から車で沼津へ、沼津から東海道本線で大阪へ。そして神戸から船で東京へ。折りよく横浜から知人を頼って東京に避難していた家族と無事に再会する。

地震に衝撃を受けた谷崎はこのあと関西移住を決意する。

芥川龍之介は田端の自宅で地震に遭った。「大震日録」によれば昼、パンと牛乳で食事をすませ、茶を飲もうとした時に「忽ち大震の来るあり」。妻や子供、父や伯母と暮していたが全員なんとか無事だった。「父と屋の内外を見れば、被害は屋瓦の墜ちたると石燈籠の倒れたるのみ」

芥川自身によればすぐに家族の心配をしたというが、夫人の文による『追想　芥川龍之介』（芥川文・述、中野妙子・記、筑摩書房、一九七五年）によれば、二階の次男を助けに行ったのは文、また長男を抱いていたのは芥川の父親。二人は子供を抱いて外へ逃がれ出た。文はこの時、夫に怒った。「赤ん坊が寝ているのを知っていて、自分ばかり先に逃げるとは、どんな考えですか」。芥川は「人間最後になると自分のことしか考えないものだ」とひっそりと言ったという。

それでもさすがに申し訳ないと思ったのだろう、余震がおさまると、友人と大八車を持って駒込染井の青物市場に行き、カボチャとジャガイモをたくさん大八車に積んで帰って来たという。「食糧が必ず足りなくなるし、食糧難が一番こわい」と言って。

その奮闘のためか翌二日には三十九度の熱を出してしまう。

田端の高台は火事にもならなかった。下町に比べれば被害は少ない。芥川の故郷というべき、下町の本所あたりは大きな被害が出ている。

震災後に書かれた、いまふうにいえばルポルタージュ「本所両国」では、もし本所に住んでいたら自分も家族も「非業の最期」を遂げていたかもしれないと書いている。また震災後、芥川は川端康成、今東光と共に吉原の惨状を見に出かけている（芥川の発案だという）。下町生まれの芥川にとって下町に甚大な被害をもたらした震災は決して他人事ではなかった。

映画監督の黒澤明も下町の惨状を見に行って衝撃を受けた。当時、黒澤明は中学生。小石川の大《おお》曲《まがり》、江戸川沿いにある家は幸い大きな被害は受けなかった。

自伝『蝦蟇《がま》の油』によれば、そのあと明少年は「恐ろしい遠足」という凄まじい体験をする。

ある日、四歳年上の兄が「明、焼跡を見に行こう」と下町に連れ出した。はじめのうちはたまにしか見かけなかった焼死体が下町に近づくにつれて増えてゆく。黒焦げの死体に思わず目をそむけると兄は「明、よく見るんだ」と叱りつける。

いちばん被害の大きかった本所の被服廠跡では無数の死体を見る。帰り道、上野の山で緑を見て明少年は感動して動けなくなる。「焼跡に緑は一つも無かったのだ」「緑がこんなに貴いものだとは、その時まで私は知りもしなかったし、考えたこともなかった」

兄はなぜ、弟をこんな「遠足」に連れて行ったのだろう。確かなのは兄にとってもこれは「恐ろしい遠足」だったことだ。この兄は二十七歳で自殺したという。

黒澤明は九月一日の朝、姉に頼まれて日本橋の丸善に洋書を買いに行った。店はまだ閉まっていた。仕方なく家に帰った。

「この丸善の建物は、その二時間後には、無惨に崩壊し、その残骸の写真は、関東大震災の恐ろしい一例として世界の注目を集めることになる」「私は丸善が店を開いていたら、どうなっていたか、と考えざるを得ない」

大災害にあっては生死は紙一重である。あの時、別の場所にいたら。偶然のいたずらで生死が分かれてしまう。

黒澤明少年が丸善から家に戻ったころ、丸善に出勤してきたのが佐多稲子。『私の東京地図』(一九四九年)によれば、当時十九歳の佐多稲子は丸善の洋品部の店員だった。

鉄筋コンクリートの建物が大きく揺れた。ビール罎《びん》を入れた大きな箱が揺さぶられるようなガチャーン、ガチャーンという音がする。「私」は仲間の女店員と抱き合う。帽子の箱や香水の罎が落ちてくる。

最初の揺れがひとまず終わったとき「みんな外へ出ろ」という声がする。外へ出ると向かいの赤レンガの建物が前へ崩れ落ちる。日比谷の松本楼から火が出た、高島屋の前の道路に大きな亀裂が入り女性が落ちた、といった話が伝わってくる。

電車は停まっている。向島の小梅にある自宅まで歩いて帰る他ない。日本橋から隅田川のほうに向かって歩く。

「厩橋から吾妻橋へかかると、千住の方の空はもうまっ黒で、吾妻橋ぎわはその方から逃げてくる人々で先きへはゆけなくなっていた」

長崎から東京に働きに出て来た二十前の女性にとってはじめて経験する大地震のさなか、どんなに心細かったことだろう。

それでも「私」は家族に会いたい一心で歩き続ける。「吾妻橋の向うの業平《なりひら》も黒煙が捲いている。私はその煙りにさえぎられぬうちに橋を渡ってしまわねばならない。私は（同行の）三人に別れて、ひとりになり吾妻橋の上を走った」

ちょうどいまスカイツリーがあるあたり。「私」はなんとか家にたどり着く。女性もいざとなったら自分の足で歩くほかない。自分の力だけが頼りになる。

差しのべられた手

佐多稲子より一歳年上になる林芙美子も当時は無名の働く少女。東京の底辺でさまざまな職業を転々としていた。

自伝的小説『放浪記』によれば震災当時、「私」は一人で根津に、他方、行商人の両親は新宿の十二社《じゅうにそう》に住んでいた。「私」は両親が心配で、まだ余震の続くなか根津から新宿に向かって歩いてゆく。夕暮れに十二社に着くが両親はいない。呆然とする。両親の部屋で一泊し、翌日、こんどは根津へ戻る。距離は約四里（十六キロ）とある。若い女性の足なら四時間ほどか。地震のあとみんな歩いた。これは前日のことだが、電車通りを一人で歩く「私」は、まわりを同じように歩いている女性が多いことに気づいた。

「あんなに美しかった女性群が、たった二三日のうちに、みんな灰っぽくなってしまって、桃色の蹴出《けだ》しなんかを出して裸足で歩いているのだ」

根津に戻った「私」はそこでようやく両親に再会する。両親のほうも娘が心配になって新宿から歩いて根津に来た。ここにも家族の絆がある。

このあと「私」は女学校時代を過ごした広島県の尾道に帰るのだが、その時は、被災者のための船を利用した。ある日、町角の電信柱にこんな貼り紙を見る。

「――灘の酒造家より、お取引先に限り、酒荷船に大阪まで無料にお乗せいたします。定員五十名。」

「私」は無論、「取引先」ではないがこの船に乗ろうと芝浦の埠頭に行く。事務員たちはいたって気がよく「みすぼらしい私の姿」を見て「こんな時は、もう仕様おまへん」といって船に乗せてくれる。「やったあ！」という気分だろう。被災者をなんとか助けようとする関西人の心意気が「私」にはうれしい。

東京から鉄道で故郷に帰る者もいる。井伏鱒二。回想記『荻窪風土記』によれば、地震が起きた時、二十五歳の井伏は早稲田に下宿していた。町が壊滅したので故郷、広島県の福山まで帰ることにする。東海道本線は大打撃を受けて不通だが、中央本線は立川まで汽車が来るという。これに乗るべく井伏青年は大久保駅から中央線の線路沿いに立川に向かって歩く。ここでも歩くことが大事になる。途中、中野の民家に泊めてもらい、翌日立川にたどり着く。

「立川駅には避難民が乗るのを待っている汽車があった。駅員が乗客に向って、震災で避難する人は乗車券が不要だと言った」

鉄道も被災者をなんとか助けようとしている。おかげで井伏青年は中央本線で名古屋に出て、故郷福山へ帰ることが出来る。

林芙美子の体験といい、井伏鱒二の体験といい、地震直後、各所で被災者を助けようとする動きがあったことが分かる。

『落窪風土記』のなかで井伏鱒二は、早稲田に住む友人がこんな「焦土だより」という手紙を寄したと書いている。少し長いが、いい話なので紹介したい。

「雑司ヶ谷で『文藝春秋』を発行している菊池寛は、愛弟子横光利一の安否を気づかって、目白台、雑司ヶ谷、早稲田界隈にかけ、『横光利一、無事であるか、無事なら出て来い』という意味のことを書いた旗を立てて歩いた」（横光は難を逃れた）。「しかるに文壇の元締菊池寛が血相変えて、横光ヤーイの幟を立て東京の焼け残りの街を歩く。今、我々は満目荒涼の焦土に対し、一片清涼の気が湧くのを覚えて来る」

北原白秋は小田原の山裾で三度目の妻菊子と、生まれたばかりの長男隆太郎と穏やかな日々を送っていた時に地震に襲われた。

洋館の二階の書斎にいた。激しい揺れに驚き、階下の幼な子を助けるため階段を降りようとした時、階段が崩れ、下にずり落ちて負傷したが大事には至らなかった。子供を抱いたまま庭に這い出した妻もなんとか助かった。

小田原は相模湾の震源地に近いだけに被害は甚大で、市内の家屋の大半は倒壊、さらに火事が起きたため全市が焼土となった。そんななか白秋の家は山にあったために焼けることはなかった。「全く半壊一厘の中での最も好運な家の一つであろう。奇蹟中の奇蹟だと誰もが驚く」(「震災について」)

しかし家は半壊したのでそのあと一家は裏の竹やぶに蚊帳を吊っての生活を余儀なくされる。庭に咲く芙蓉を詠んだこんな句がある。「朝咲いて昼間の芙蓉震絶えず」。余震の怖さが伝わってくる。

地震は人命や家屋を奪っただけではなくそれまでの良き文化も奪った。人々に深い喪失感を与えた。だから荷風ゆかりの三ノ輪浄閑寺の詩碑に刻まれた詩「震災」にこうある。

江戸文化の名残烟《けむり》となりぬ
明治の文化また灰となりぬ

川を愛した作家たち

――二〇一〇年八月

永井荷風は『日和下駄』（一九一五年）のなかで、東京の風景のなかの「尊い宝」は山の手の木と下町の川だと書いている。

「もし、今日《こんにち》の東京に、果して都会美なるものが有り得るとすれば、私は其の第一の要素をば、樹木と水流に俟《ま》つものと断言する。山の手を蔽う老樹と、下町を流れる河とは東京市の有する最《もつと》も尊い宝である」

緑の濃い山の手、麻布の偏奇館に住み、散策の場所としては隅田川の周辺、さらには荒川（放水路）を好んだ荷風ならではの言といえるだろう。

アメリカ、フランスから帰国した荷風は、しばしば隅田川とその周辺へ足を向けるようになった。日露戦争後、急速に近代化してゆく東京に強い違和感を覚えた荷風は、隅田川べりにはまだかろうじて近代化に汚されていない江戸の名残りを見た。

もとより明治末の隅田川周辺には数多くの工場が建ち、古き良き水辺の風景は消えつつあった。しかし、だからこそ荷風は現実の風景の向うに、昔の風景を、そしてあるべき隅田川を見ようとした。

明治四十二年（一九〇九）に発表された「すみだ川」は、隅田川とその周辺に生きる人々を描いた小説だが、物語もさることながらこの小説の魅力は、「あるべき隅田川」の姿にある。

冒頭、向島に住む俳諧師の羅月が、浅草の今戸に住む妹の常磐津の師匠のお豊とその子の長吉を訪ねる時に乗る、隅田川の竹屋の渡し（いまの桜橋あたり）からはじまり、川の流れ、向島の土手、川を走る蒸気船など随所に水のある風景が描きこまれ、荷風がこの小説で、失なわれてゆく「あるべき隅田川」を再現した意図がはっきりと見える。


「すみだ川」の時代設定は明治三十五、六年だが、その明治三十五年（一九〇二）に発表されたのが幸田露伴の随筆「水の東京」。旧幕臣の子である露伴は明治の東京が、かつての川や掘割を大事にしなくなったことを嘆き、この随筆で江戸の水辺の復権をひそかに試みた。

やはり旧幕側の心情を持つ荷風もまた「すみだ川」で、失なわれた「水の東京」へ思いを寄せた。『日和下駄』のなかで、「東京の水」を七つに分けて説明しているが、これは明らかに露伴の「水の東京」の影響を受けている。薩長政府が推し進めようとする「陸の東京」に対して消えゆく「水の東京」を対置させる。

隅田川周辺を描く文学が増えてゆくのは「水の東京」「すみだ川」あたりからだろう。そして大正期の作家たち、芥川龍之介、佐藤春夫、谷崎潤一郎らによって「隅田川文学」といった流れが生まれてくる。

隅田川の中洲を舞台にする佐藤春夫の「美しき町」は、露伴、荷風の「あるべき隅田川」を受け継ごうとしている。夢想家を中心に、東京のなかに理想の町を作ろうとする彼らがその場所として選んだのが中洲（現在の箱崎の東京シティエアターミナルのあたり）。
和歌山県新宮の生まれで熊野川を身近かに見て育った佐藤春夫はいわば水への感受性というものを強く持っていた。熊野川と隅田川を重ね合せたのだろう。

「あるべき隅田川」に思いを馳せて

隅田川が大事な場所として意識されるのは、時代の変化によって水の風景が壊されてゆく時が多い。大正三年（一九一四）に浅草の高級呉服店の娘として生まれた芝木好子は、戦争と戦後の混乱期に隅田川が汚れてゆくのを見て、荷風が「すみだ川」でそうしたように、「あるべき隅田川」を言葉によってよみがえらせようとした。『隅田川暮色』（一九八四年）はその代表作だろう。

戦争が終って十五年、昭和三十五年（一九六〇）の浅草とその周辺を舞台にしている。主人公の冴子は三十五歳。若い頃、妻子ある男性と駆け落ちした。戦後、二人は世を忍ぶように本郷あたりの崖下に暮している。

冴子は組紐の仕事をはじめる。それから故郷の浅草が懐しくなり、昭和三十五年の夏、隅田川沿いの町を歩く。実家は駒形橋のそばで呉服屋を営んでいたが、東京大空襲で焼け、その時、父親は亡くなった。

久しぶりに見る隅田川は汚れている。高度経済成長のさなか、川に流域の工場からの廃液が流れ込むようになって悪臭を放つ。冴子はそのことに驚く。

「川の堤を歩くと、工場の廃水がそそがれるのか川はよごれて、これがいつも心に抱く東京の川かと思わせる」

そんな隅田川の痛々しい姿を見ながらも、冴子は現実の向こうに幻を見るように「あるべき隅田川」の姿を思い浮かべる。

「思い出はすべて川にある」

「川のあるところはいいわ。川へ還ってくるように、となにかが招くから」

荷風が現実の隅田川が明治の近代化によって変ってしまったからこそ、「あるべき隅田川」を夢見たように、昭和の作家、芝木好子もまた戦争と高度経済成長によって隅田川が変ってしまったからこそ、もうひとつの良き隅田川に思いを寄せようとする。

隅田川だけではない。芝木好子は東京の川や掘割を愛した。『洲崎パラダイス』の深川の掘割、『築地川』の築地川、『葛飾の女』の小名木川や水元の菖蒲だまり、『染彩』の綾瀬川、短篇「堀切橋」の荒川放水路などなど芝木好子の世界にはいつも東京の川が流れている。

『築地川』の主人公、二十一歳の萬里子は銀座の老舗の呉服屋で働いているが、住まいは築地川べりの新富町にある。祖母、姉、兄と四人で暮している。

東京オリンピックのあとに書かれた小説で築地川はすでに埋め立てられている。それは川のある町で育った人間には悲しいことに違いない。

「（略）築地川とよんだこの堀割川には水がない」「四年ほど前から高速道路になって、川底はコンクリートで固められ、自動車が走っている。築地や新富町を囲む築地川は、町中をめぐってゆくが、この支流も少しずつ埋め立てられてゆく」

昭和三十七年（一九六二）に公開された高見順原作、豊田四郎監督の『如何なる星の下に』には、ちょうど川を埋め立て中の工事の様子がとらえられているが、最後の頃の川は相当汚れていたようで、山本富士子演じる、川べりで居酒屋を開いている女性は築地川を見ながら「こんなに汚れちゃって。昔は白魚もいたのに」と嘆く。「水の東京」が高度経済成長期にまたしても失なわれてゆく。『築地川』の萬里子はそれでも築地川が流れていた川筋に戻ってくるとほっとする。隅田川に足をのばすとその川の姿に安心する。

「川があるかぎり東京の匂いがする」

隅田川は実は死の場所である。『隅田川暮色』の冴子の父親をはじめ、川べりに住む大勢の人間が東京空襲で死んでいった。

だから冴子はある時、船で隅田川を下った時、白いハンカチを結び、花に見立てて川に流す。『隅田川暮色』は傷つき、痛めつけられた「水の東京」へのレクイエムである。

芝木好子は川を愛し続けた。

平成三年（一九九一）に亡くなったが、その葬儀で、同じ東京生まれでも山の手に育った野口冨士男は、弔辞でこう言った。

山の手の生まれの自分には皇居の堀というとどまった水しかなかったのに、下町生まれの芝木好子には隅田川という流れる水があった、と。

いや、隅田川だけではない。芝木好子はその先の荒川（放水路）にまで足を運んでいる。「堀切橋」という短篇がある（『奈良の里』所収）。荒川に架かる堀切橋がまだ木橋だった頃、この橋をともに渡った、若くして自殺した夫のことを、残された妻が思い出す。

「浅草から東武電車で行き、小さな堀切駅に降りたのは佐保子と夫の玲二だけであった。駅を出ると目の前に大きな荒川が横たわり、まわりには商店一つないさびしいところで、すぐ前に木橋があった」「こんなに広い川を佐保子は間近かに見たことがなかった」

夫は、毎日、長い木橋を渡って対岸にある診療所へアルバイトに行く若い医師だった。その夫は、ある日、睡眠薬を飲み、川の洲のなかへ降りていった。

荒川の茫漠たる風景と、自殺した夫の悲しみが重なり合う。荒川放水路に詩情を見出した永井荷風の随筆「放水路」を重ね合わせることもできる。

車谷長吉『赤目四十八瀧心中未遂』（文藝春秋、一九九八年）の「私」は、東京で暮していた頃、正月にひとり、京成電車が荒川放水路の鉄橋を渡る下あたり、まさに堀切橋のところを歩く。そして日記に「午後、千住の土手を歩く。枯蘆の茫茫と打ち続く様、物凄まじく、寒き川はぬめぬめと黒く光りて流る」と記す。

いうまでもなく、ここで車谷長吉は永井荷風を意識している。

「水辺の女」への淡い思い

九鬼高治という地味な私小説作家がいる。芝木好子と同じ大正三年生まれ。夜間中学を卒業して十五歳の時に塗装工となり、その仕事をしながら小説を書き続けた。

九鬼高治の故郷は、下町というより自身の言葉でいえば「東京の場末」、墨田区の東、旧中川に近いところ。

短篇連作集『北十間川夜話』（同成社、一九八六年）は、昭和前期、自身の青春時代を描いていて、舞台は題名どおり北十間川の周辺。

この川は東京の川（掘割）のなかでも知られていないもののひとつだろう。墨田区と江東区の境を流れ、旧中川に出る。地味な川だが、芝木好子にとって隅田川がそうだったように、九鬼高治にとっては故郷の川。

川べりには小さな町工場や軒の低い民家が並ぶ。九鬼高治の分身である主人公は、北十間川の墨田区側、吾嬬町（現在の立花）に住み、父の塗装の仕事を手伝っている。

零細な工場で働く女の子のことが好きになるが、まったく相手にされず女の子は亀戸の呉服屋の番頭と駆け落ちしてしまう。一方で彼は亀戸の私娼に入れ込んで通い続けるが、もとより一緒になれるわけもない。

そんなわびしい青春が端正な文章で綴られてゆくが、この小説でも中心にあるのは北十間川という小さな川。川べりの風景が冴えない青春の心を慰める。とくに青年が好きな場所は、川が旧中川に出るところに架かっていた小原橋。北十間川の最東端の橋。

この橋は、川を行く船が通りやすいように昔は太鼓橋になっていたため、近隣によく知られていたという。川沿いの工場に石炭や原料、また製品を運ぶ荷舟がこの橋の下を通る。川はさほど川幅がなかったため、発動機船は通らず、船頭が棹で漕いだ。

青年が淡い恋をした女の子は毎朝、この小原橋を通って働きに行く。その姿に心ときめかした青年には、彼女が現実以上に美しい「水辺の女」に思えたのだろう。

ちなみにこの太鼓橋は空襲で焼け、現在は立派な橋になっている。

最後に現代の小説をひとつ。

映画にもなった東野圭吾の『容疑者Xの献身』（文藝春秋、二〇〇五年）。たった一度の恋のために自分を犠牲にする天才的数学者は、冒頭、江東区の隅田川に近いアパートを出て、隅田川沿いを歩く。そして清洲橋に近い浜町あたりの弁当屋で弁当を買う。そこには彼がはじめて恋した女性が働いている。彼女もまた隅田川べりに住む「水辺の女」になる。

物語を生んだ坂

志賀直哉に「自転車」（一九五一年）という短篇がある。十代のころ、自転車がまだ珍しかった時代に、外国製の自転車で東京の町のあちこちを走りまわった思い出を綴っている。まだ電車のない時代である。自転車の魅力にとらわれた「私」は、自転車で急な坂を登ったり降りたりすることに興味を覚える。

幸い東京の山の手には坂が多い。登山家がいくつもの山を征服してゆくように「私」は「東京中の急な坂を自転車で登ったり降りたり」する。

どんな坂に挑戦したのか。

まず赤坂の三分坂（赤坂五丁目と七丁目のあいだ。TBSの裏手。横関英一『江戸の坂　東京の坂』によると、読みは「さんぶざか」ではなく「さんぷんざか」が正しいという）。ここは「急な割りにそれ程むずかしい坂ではなく」、楽しめる。

霊南坂（赤坂一丁目。坂の西にアメリカ大使館、東にホテルオークラがある）もたいしたことはない。「一番厄介」なのは、霊南坂の隣の江戸見坂（大倉集古館の裏）で、「道幅も相当あり、ジグザグに登れるのだから、登れそうでいて、これは遂に登りきる事が出来なかった」。

――二〇〇七年四月

「私」の家は麻布三河台町（現在の六本木交差点近く）にあったが、小石川の方にも出かけてゆく。小石川も坂が多い。

なかでも降りるのが恐かったのは切支丹坂（文京区小日向一丁目。営団地下鉄の車庫の近く）。「（この坂は）道幅が一間半程しかなく、しかも両側の屋敷の大木が鬱蒼と繁り、昼でも薄暗い坂で、それに一番困るのは降り切ったところが二間もない十字路で、車に少し勢いがつくと前の人家に飛び込む心配のある事だった」

それでも、ある日、「私」はついに切支丹坂を降りるのに成功する。「自転車で切支丹坂を降りたのは恐らく自分だけだろうという満足を感じた」

切支丹坂のことは、小石川生まれの永井荷風が『日和下駄』のなかでも記している。

「私の生まれた小石川には崖が沢山あった。第一に思出すのは茗荷谷の小径から仰ぎ見る左右の崖で、一方にはその名さえ気味の悪い切支丹坂が斜めに開け（略）」とある。

江戸時代に切支丹を捕え、収容した牢屋があったところという。

自転車好きの「私」は、よくこんな坂をブレーキの付いていた自転車で降りたものだ。

坂の上と下、ふたつの世界

自転車に乗ると東京の山の手にいかに坂が多いかがわかる。

時代小説作家の山本一力さんは自転車好きで知られる。以前、渋谷で対談をしたとき、深川の自宅から渋谷まで自転車で来られたのには驚いた。九段坂などを登るのは大変だったのではないだろうか。

東京の下町は平坦な地。一方、山の手は台地に広がる。だから下町から山の手に行くときは、急な坂を登らなければならない。

九段坂をはじめ、森鷗外の『雁』の舞台になったので有名な無縁坂、湯島の切り通し、昌平坂などは、下町と山の手の境の急坂である。ときに九段坂は、昔はいま以上に急坂だった。

明治三十七年、東京神田に生まれた作家、永井龍男の東京回顧『石版 東京図絵』（一九六七年）には、

「いまの九段坂は削ったもので、昔はとても急であった。坂下には、車の後押《あとお》しをして駄賃をせびる立ちん坊が、いつも二三人日向ぼっこしていたくらいである」

永井荷風の花柳小説『おかめ笹』（一九一八年）の主人公、「画工」の鵜崎巨石はこの九段坂上の富士見町の横町に住んでいる。坂の上からの景色に慣れ親しんでいる。

「（略）九段坂の燈明台、遠く駿河台を見晴す眺望、靖国神社の鳥居、大村の銅像、あたり一帯の街の様子は東京市中にまだ電車が敷設せられぬ時分から、毎日毎日行きにも帰りにも見馴れ見馴れた景色である」

九段坂上の眺望の良さがわかる。

しかし、そのためだろうか、大正に入ると富士見町は花街としてにぎわい、芸者屋と待合ばかりになってきたので鵜崎巨石はやむなく引越すことになる。

引越し先は、代々木、渋谷などの「郊外の宅地」を考えもしたが、結局、芝の白金。魚籃坂下から聖坂の方へ行った裏通り。ここでも鵜崎巨石は坂と縁がある。『おかめ笹』には、やはり坂と縁があ

る白山の花街も登場する。荷風は、東京の山の手に坂がおおいことを散策者としてよく知っていて、坂を『おかめ笹』のなかで生かしたのだろう。

白金のある現在の港区は、文京区と同じように東京のなかでは坂の多いところと知られる。荷風が長く住んだ港区麻布市兵衛町の偏奇館の近くには、道源寺坂（道源寺と西光寺という二つの寺がある）、長垂《だれ》坂、丹波谷坂といった坂があった。このあたりはアークヒルズをはじめとする再開発によって地形が変わってしまったが、この三つの坂は現在も健在。

荷風は市中に出るときには道源寺坂を下って電車通りに出た。また丹波谷坂には私娼をひそかに紹介する家があって時折りそこに出かけた。

『断腸亭日乗』大正十二年六月十八日。

「雨ふる。市兵衛町二丁目丹波谷といふ窪地に中村芳五郎といふ門札を出せし家あり。囲者素人の女を世話する由兼ねてより聞きゐたれば、或人の名刺を示して案内を請ひしに、四十ばかりなる品好き主婦取次に出で二階に導き、女の写真など見せ、其れより一時間ばかりにして一人の女を連れ来れり」

坂の上の高台には偏奇館や山形ホテルがあり、坂の下の窪地には「私娼の周旋宿」がある。坂の上と下で町の様子が違っている。

麻布の高台に良家の子供として生まれた水上瀧太郎の自伝的小説『山の手の子』（一九一一年）には、その対比がよく描かれている。

「お屋敷の子」の「私」は高台に住んでいる。ある日、「私」は崖下に広がる町に興味を覚え、坂を下りてゆく。そこには玩具屋がある。路地では子供たちが独楽やメンコで遊んでいる。「私」は庶民的な坂下の町に惹かれ、しばしば遊びに出かける。そして鶴という可愛い娘に幼い恋心を抱くのだが、やがて彼女は向島に芸者としてもらわれてゆく——。坂の上の暮しと下の暮しの違いがよく出ている。

荷風の偏奇館に近いもうひとつの坂、長垂坂は、『断腸亭日乗』のクライマックス、昭和二十年三月九日の空襲の記述に出てくる。

「天気快晴、夜半空襲あり、翌暁四時わが偏奇館焼亡す、火は初《はじめ》長垂坂中程より起り西北の風にあふられ忽《たちまち》市兵衛町二丁目表通りに延焼す（略）」

映画会社ギャガの試写室が六本木にあった（現在は南青山）。この試写室の裏手、地下鉄南北線の六本木一丁目駅に向かう途中に、丹波谷坂と長垂坂がある。ギャガの試写室に行った帰りには、荷風ゆかりのこのふたつの坂を歩くのを楽しみにしていた。

やはりギャガの試写室の近く、六本木から飯倉片町、ロシア連邦大使館の横には狸穴《まみあな》坂と植木坂がある。

島崎藤村は大正七年から昭和十二年にかけてこの植木坂を下りきったところにある小さな借家に住んだ。稲垣浩監督、笠智衆主演で映画（一九五六年）にもなった『嵐』は、この植木坂下での暮しが描かれている。

「いつでもあの坂の上に近いところへ出ると、そこに自分等の家路が見えてくる」「植木坂は勾配の急な、狭い坂だ。その坂の降り口に見える古い病院の窓、そこにある煉瓦塀、そこにある蔦の蔓、すべて身にしみるように思われた」

現在、植木坂には「島崎藤村旧住居跡」の碑がある。伊藤整は小随筆「せまい坂道での島崎藤村」(『東京新聞』一九六〇年。種村季弘編『東京百話 地の巻』ちくま文庫)で、昭和三年、大学生の自分が飯倉片町に下宿をしていた頃、植木坂で文豪に会った時の思い出を書いている。

「ある日学校へ行こうとすると、電車道の方から、上品な老人が着物に白足袋をはいて下りて来た。写真で見た藤村である。

少年時代から藤村の詩の読者であった私は胸がどきどき鳴るように思い、藤村だと気づいたことを向こうに知られまいとして平気でいるのに努力した」

郊外の坂の風景

森鷗外『雁』の無縁坂、『鼠坂』の鼠坂、『青年』の「S坂」(新坂)、樋口一葉ゆかりの菊坂(田宮虎彦の『菊坂』の舞台でもある)、漱石ゆかりの根津裏門坂、江戸川乱歩『D坂の殺人事件』の団子坂などはあまりに有名なのでこれらは割愛して、東京の西のほうへ目を向けてみよう。

個人的なことになるが、私は昭和十九年に代々木の山谷で生まれている。小田急線の参宮橋駅の前の坂を登ったところに生まれた家があったが、ご多分に洩れず昭和二十年五月二十五日の空襲で焼失した(無論、記憶はない)。

代々木界隈は明治末から住宅地として開けていった東京の郊外である。だから『おかめ笹』の鵜崎巨石は引越し先の候補に「代々木」を挙げている。

　東京の銀座に生まれた画家の岸田劉生は、大正三年、結婚を期に代々木の山谷に引越した。そこで描かれたのが「切通之写生」。代々木三丁目にある坂だが、新開地のことだから坂に名前はなく、現在では「切通しの坂」と呼ばれている。私が生まれた家のすぐ近く。名作の舞台の近くで生まれたと思うとなんだかうれしい。

　渋谷は大正から昭和にかけて開けた郊外。林芙美子の『放浪記』には、大正時代、尾道から上京してきた「私」が道玄坂で夜店を出すくだりがある。

「私は女の万年筆屋さんと、当のない門札を書いているお爺さんの間に店を出して貰った。蕎麦屋で借りた雨戸に、私はメリヤスの猿股を並べて『二十銭均一』の札をささげると、万年筆屋さんの電気に透して、ランデの死を読む。大きく息を吸ふともう春の気配が感じられる。この風の中には、遠い遠い思い出があるようだ。舗道は灯の川だ。人の洪水だ。瀬戸物屋の前には、うらぶれた大学生が計算器を売っていた」

　大正の終わり頃、道玄坂が次第ににぎわってきている様子がわかる。この「瀬戸物屋」（藤田陶器店）に嫁いだ藤田佳世の回想記『渋谷道玄坂』（弥生書房、一九七七年）によると、道玄坂にはじめて夜店が出たのは明治四十一年で、大正に入るとその数は大きくふえたという。

　古本屋、ローソク店、ボタン屋、金物屋、大正琴、尺八、玩具屋、小間物屋、カルメ焼屋、金魚屋……坂下の渋谷駅前には、牛めし、おでん、焼とり、「支那そば」、縄のれん。「ともあれ日が暮れれば、この坂の両側五寸ばかりはまったく露天商の世界になって、逞しい夜の命がここに溢れた」

谷崎潤一郎の『細雪』では、長女の鶴子の一家が昭和十二年に上京し、道玄坂の近く、現在の井の頭線の横（南）を上がっていったあたりに新居を構えている。

この坂はなんというのか。

丸谷才一に「だらだら坂」（一九七三年）という短編がある。学生の主人公が渋谷の貸間の周旋屋に行く。店を探して入り込んだところがちょうどこの坂の上あたりと思われる。とすると、あの坂は「だらだら坂」か。

東京の西郊には坂が少ない――、より正確にはきちんとした名のある坂が少ないが、それでも黒井千次の武蔵野短編集『たまらん坂』（福武書店、一九八八年）には、中央線国立駅を降りて、南口を国分寺方面に歩いたところにある「たまらん坂」という五〇〇メートルほどの坂が紹介されている。毎日、この坂を歩く勤め人が、坂の名前に興味を覚え、由来を知ろうとする。ある時、息子がＲＣサクセションの歌う「多摩蘭坂」を聞いている。息子によると、リーダーの忌野清志郎は国立に住んでいて「昔どこかこの近くで戦があってえ、一人の落武者がここの坂を登って逃げながら、たまらん、たまらん、て言ったのでそういう名前がついたとか」というところから歌を作ったという。

もっとも他に、ただ学生が遅刻するといけないので息を切らして走ったからその名が付いたという説もあるという。西郊でもっともよく知られた坂といえようか。

丸谷才一は山崎正和との対談『日本の町』（文藝春秋、一九八七年）のなかで、東京は「でこぼこの多い町」と面白い表現をしている。坂が多い町なのである。それを受けて関西に住む山崎正和はいっている。「関西出身の人間が東京へ来て一番うれしいことは、坂が多いということなんですよ。町に表情が出てくる」「坂とか、切り通しとかが非常に多いのが東京の魅力ですね」

東京の坂のある風景の良さを関西の方に教えられた。

最後によく映画に出てくるようになった小さな坂を。

文京区と豊島区の境あたり、高田一丁目から神田川の方へ南下する急坂、日無《ひなし》坂。坂の上あたりに、二つの坂にはさまれるように家が一軒あるのが面白い。

その形の面白さのためだろう、市川準監督の『東京兄弟』（一九九五年）と、金田敬監督『青いうた～のど自慢青春編』（二〇〇六年）、成島出監督『八月の蟬』（二〇一一年）に登場した。

中野区に住んだ作家たち

——二〇二三年六月

林芙美子はよく知られているように大正十一年（一九二二）に尾道の女学校を卒業したあと東京に出て、さまざまな下積みの仕事に就きながら、住まいも転々とした。

大正十一年には一時期、東中野駅近くに住んだ。駅の南側、神田川に沿った川添町（現在の東中野一丁目）。行商をしている両親と一緒に部屋を借りた。

自伝的小説『放浪記』のなかにその頃の東中野の様子が書かれている。

「東京もここは郊外の郊外、大根畑の土の匂いが香ばしく匂う」

畑のなかに家が「ちらちら」と見えるようなところだった。東中野の駅はまだ「ボックスのような小さい駅」。現在からは考えられない郊外風景が広がっている。

東中野の文士村

中央線の前身、甲武鉄道の駅として中野駅が開設されたのは明治二十二年（一八八九）と早い。明治三十七年には飯田町（現在の飯田橋）——中野間に電車が走るようになった。「郊外電車」のはじまりである。東中野駅はこの時に開設された（当初は柏木駅といった）。

この頃から中野駅や東中野駅界隈は少しずつ住宅地として開けてゆく。日本の象徴詩の確立者とされる詩人、蒲原有明《かんばらありあけ》は戦後に発表した自伝的小説『夢は呼び交す』のなかで、明治末年に、「都会」の騒がしさを逃れ「田園」を楽しむために居を移したと書いているが、この時、蒲原有明は、市中の麹町から、中野、さらに東中野に移っている。当時、文人たちのあいだには「郊外生活」が流行っていたという。中野周辺は文人たちにとって格好の「郊外」だったことがわかる。

『放浪記』で、上京してきた「私」が、その家で子守りとして働くことになる大正期の作家、近松《ちかまつ》秋江《しゅうこう》が住んでいたのは中野だったし、そのあと「私」がやはり手伝いとして働きに出ようとする「アルスの北原」（出版社アルスの社長、北原鉄雄。白秋の弟）の家は東中野にあった。

二〇一三年、中野区立中央図書館で「谷戸に文化村があったころ　探偵作家　松本泰《たい》・松本恵子と文士たち」という実にいい企画展があったが、松本夫妻を中心に大佛次郎、江戸川乱歩、長谷川海太郎、田河水泡らが東中野駅周辺に住むようになったのは、関東大震災のあとのこと。彼らが文士村を形成してゆくのも、明治末の蒲原有明らの「郊外生活」を受け継いでいる。

東中野駅の北口、神田川沿いの中野区立第三中学校のなかに「芹沢光治良《こうじろう》文庫」がある。『巴里に死す』『人間の運命』で知られる昭和の作家、芹沢光治良は昭和のはじめ、三中の近くに住んだ。義父が建てた、建坪が二百坪もある緑色の洋館だったという（空襲で焼けてしまう）。郊外には洋館が似合った。

林芙美子は作家として立ってから、昭和十四年（一九三九）に下落合に家を建てた。西武新宿線の中井駅の近くで、さらに南に下れば東中野にも近い。

林芙美子がこの地を選んだのは、東京に出て来た時に東中野に住んで、土地勘があったためだろう。

林芙美子の作品にはよく中野区内の町が登場する（ちなみに中野町と野方町が合併して中野区が成立するのは昭和七年）。

戦前の『泣虫小僧』で父親のいない少年が住むのは中野駅の近く。「省線で中野の駅へ降りると、電信隊の横の桜が大分葉を振り落していて、秋空が大きく拡がっている」とある。昭和のはじめの中野は「電信隊」に代表される軍の施設の多いところでもあった。

戦後の短篇『晩菊』で金貸しをしている元芸者のきんが住むのは沼袋。やはり戦後の『浮雲』では、仏印から引き揚げてきたゆき子はまず鷺宮の親類の家に住む。

無名時代に書いた『放浪記』が昭和五年に出版されベストセラーになる。売れっ子作家になった芙美子は、仕事場を持つが、場所は東中野のアパートの一間。

中野区内と縁が深い。林芙美子は昭和二十六年に急逝するが（四十七歳）、墓は中野区上高田の萬昌院功運寺に建てられた。

林芙美子が中野区と縁が深いのは、大正末に上京し、昭和になって作家として立った芙美子の若き日が、郊外住宅地として発展してゆく中野区の伸び盛りの時期と重なったためだろう。

震災と空襲をくぐりぬけて

関東大震災後の東京の西への発展に伴い中野区も人口が急増、沿線は郊外住宅地としての形をととのえてゆく。駅周辺には飲食店も増え、にぎやかになってゆく。

太宰治の戦後の作品『ヴィヨンの妻』には無頼派の詩人がよく通う、中野の小さな飲食店が出てくる。主人夫婦は上州から東京に出て来た。浅草の料理屋でともに住み込みで働き、なんとか少しの貯えができたので、昭和十一年（一九三六）に中野駅の近くに六畳一間に狭い土間付きの店を持つことができた。浅草から中野へ、というところに関東大震災後の中野区の発展を見ることができる。

発展したとはいえ市中から見ればまだ緑の多い郊外だった。だから、戦争が激しくなると市中から中野区内に疎開してくる人間が多くなった。

林芙美子の『晩菊』では、金貸しのきんが沼袋に住むようになったのは空襲を怖れたためと説明されている。

「きんは、空襲の激しい頃、捨て値同然の値段で、現在の沼袋の電話つきの家を買い、戸塚から沼袋へ疎開していた」

空襲で戸塚は焼けたが沼袋は無事だった。

青島幸男の直木賞受賞作『人間万事塞翁《さいおう》が丙午《ひのえうま》』は、日本橋堀留町の弁当を作る店で生まれ育った青島幸男の自伝的小説だが、家は戦時中、空襲を避けて疎開することになった。

店はなんとか続けるが、子供と年寄りだけは安全なところへと父親は、鷺宮に一軒家を買う。郊外によくあった和洋折衷の文化住宅。「（鷺ノ宮）駅から二十分も歩くような辺鄙な場所だが、まだあたりは田圃や畑がのどかに広がっていて、夜になればかえるの声がうるさいほど」。そういう郊外だから幸いに空襲を受けずにすみ、無事に終戦を迎えた。

しかし、市中から中野区内に逃げたのに空襲に遭った作家もいる。永井荷風。荷風は三月十日の東京大空襲で住みなれた麻布市兵衛町の偏奇館を焼かれ、そのあと、親しくしていた音楽家の菅原明朗《すがはらめいろう》を頼り、彼の住む東中野駅の北にある国際文化アパートに部屋を借りた。

一時は平穏な日が続いたが、ここも五月二十五日の山の手を襲った空襲で焼かれた。命は助かったが六十代なかばの人間が二度も家を失ない、どれだけ心細かったか。

林芙美子は戦後の随筆「作家の手帳」のなかで「東中野いったいは無残な焼け野原」と書いている。東中野駅周辺に比べ、中野駅周辺は空襲の被害が少なかった。そのために戦後の復興は早かった。

五木寛之は若き日を回想した随筆『風に吹かれて』（一九六八年）のなかで昭和三十年頃、中野駅北口の酒場やクラシックを聴かせる喫茶店によく通った思い出を書いている。

「当時、私たちは、中野駅北口の一画を中心にして出没していた」「当時の中野界隈は、本当の大学のようなものだった。私たちは、そこで酒を飲み、女とつき合い、議論をし、時には稼ぎ、ごくまれに勉強をした」

中野のにぎわいが昭和三十年代の熱い青春を支えている。

丸谷才一も大学時代から結婚するまでを中野区の桃園町（現在の中野三丁目）、さらにそのあと目黒に移るまでは、十貫坂に住んだと随筆「中野桃園町」「十貫坂にて」（『ともに低空飛行』）で書いている。家の近くの古本屋に行くのを楽しみにしていたという。

近年の中野区の住人でいちばん印象的なのは小坂俊史の四コマ漫画「中央モノローグ線」に登場する二十九歳のイラストレーターの女性だろう。二十歳の時に上京してきて、いま中野のマンションで一人暮しをしている。彼女はこんなことを言っている。

「秋葉原に次ぐオタクの街なんて言われるここ中野ですが、そういったものは中野ブロードウェイの中にきゅっと押し込んで、街そのものはあくまで、普通の顔を保っています」

中野区は単身女性が多く住むという。それだけ住みやすいところなのだろう。

文学と映画に描かれた日比谷公園

――二〇二二年二月

日比谷公園が開園したのは明治三十六年（一九〇三）。日本で最初の西洋式公園。それまで日本では公園に類するものは神社仏閣の境内だったが、はじめて公立の開かれた公園として誕生した。

田山花袋の回想記『東京の三十年』（一九一七年）にあるように、もともとは軍の練兵場があったところ（江戸時代は諸藩の藩邸があった）。

「日比谷は元は練兵場で、原の真中に大きな銀杏樹があって、それに秋は夕日がさし、夏は砂塵、冬は泥濘で、此方《こちら》から向うに抜けるにすら容易ではなかった」

東京の真中なのに田舎だった。そこに西洋風の公園ができたのだから人目を惹いた。東京のなかに出現したこの西洋に早くに着目したのは西洋帰りの永井荷風。

明治四十二年（一九〇九）に発表した小説『歓楽』に早くも日比谷公園を登場させている。主人公の荷風自身を思わせる若い作家が、日比谷公園を散策し、運動場でボール投げをしている少年たちを見やったりする。歩きながらアナトール・フランスのことを考えたりするのは、ここが西洋風の公園だからこそだろう。

荷風は大正のはじめ、下町暮しに憧れ、いっとき築地に住んだが、まわりに芸者たちが住むにぎやかなところだったので時折り、静けさを求めて築地から歩いて日比谷公園まで行き、そこでひとり静かなときを楽しんだ。

『断腸亭日乗』大正八年八月六日。「丸の内に用事あり。途次日比谷公園の樹陰に憩ふ」。あるいは同年十月十一日。「晡時また家を出て、日比谷公園を歩み、樹下の榻に憩ひミルボオが短篇小説集ピープシードルを読む」。（「榻」は椅子のこと）

日比谷公園が西洋帰りの荷風には東京のなかの小さな西洋に見えたのだろう。他方、西洋を知らない若い詩人、北原白秋には憧れの西洋への入り口にも思えたことだろう。

明治三十七年（一九〇四）、日露戦争が始まるさなか、十九歳で九州の柳河（今は川）から上京した北原白秋は大正二年（一九一三）に発表した詩集『東京景物詩及其他』のなかの「公園の薄暮」で次のように謳った。

「ほの青き銀色の空気に、
そこともなく噴水の水はしたたり、
薄明ややしばしさまかえぬほど、
ふくらなる羽巻頸毛《ボア》のいろなやましく
　　　　　　　　　　女ゆきかふ。」

公園のたそがれどき、噴水のそばをボアを首に巻いた女性が歩いてゆく。モダンでメランコリックな都市風景が目に浮かぶ。詩のなかにそれとは明示されていないが日比谷公園とわかるのは、「噴水」とあることから。

日比谷公園には「心字池」と「雲形池」の二つの池が作られ、そこにはそれぞれ「雁の噴水」「鶴の噴水」が置かれた。日本で最初の西洋式噴水である。白秋はそれを早速、詩のなかに取り入れた。

この噴水はのち、昭和十二年（一九三七）から十三年にかけて、雑誌『新青年』に発表された久生十蘭の探偵小説『魔都』に登場する。

昭和の十年ころ東京では、こんな噂が広まっている。日比谷公園の心字池にある青銅の鶴の噴水がきよらかな声で歌を歌うという。

そこから奇怪な物語が展開してゆく。この噴水も北原白秋が『桐の花』（一九一三年）のなかですでに詠んでいる。「喨喨《りようりよう》とひとすぢの水吹きいでたり冬の日比谷公園の鶴のくちばし」

被災者のための避難所

公園は人が集まるところ。

明治三十八年（一九〇五）にアメリカの軍港ポーツマスで日露戦争の講和条約が締結されたが、その講和条件を不満とする国民大会が日比谷公園で行われた。

前田愛「日比谷焼打ちの『仕掛人』」（『幻景の明治』、岩波現代文庫、二〇〇六年）によると、開会前に公園周辺に集まった数は三万人にも達した。ところが警視庁は公園の六つの門を丸太で封鎖、大会の中止を勧告した。そのために群衆は怒り、事態は悪化、焼打ち事件へと発展していった。

一九六〇年代から七〇年代にかけての、いわゆる若者の反乱の時代にも日比谷公園はベトナム戦争に反対する若者たちや、全共闘運動に参加する若者たちの決起集会の場になった。個人的には、一九七一年、潜行中の東大全共闘議長、山本義隆が現われた日比谷野外音楽堂での全共闘の決起集会の熱気が忘れられない。ここがデモや集会の場所として選ばれたのは、国会議事堂や官庁街に近いためだろう。

関東大震災の際には日比谷公園には被災者が避難してきた。人の集まる公園にはそういう緊急の際の避難所の役割がある。

荷風はその様子を記している。

『断腸亭日乗』大正十二年十月三日。「午後丸の内三菱銀行に赴かむとて日比谷公園を過ぐ。林間に仮小屋建ち連り、糞尿の臭気堪ふ可からず」。大勢の被災者が日比谷公園に集まってきていたことがわかる。

戦後も、日比谷公園は空襲の被災者の避難所になった。昭和二十九年（一九五四）に公開された『結婚期』という映画がある。北村小松原作、井上梅次監督、鶴田浩二、有馬稲子主演。

鶴田浩二演じる青年は東京都の公園課の職員。公園作りに夢を持っている。目下の大きな問題は日比谷公園をはじめ、都内の公園のあちこちに被災者がバラックを建てて住んでいること。公園作りと住宅難の二つの問題の板挟みになって大いに悩む。

この映画には、鶴田浩二が恋人（テレビ局のアナウンサー）有馬稲子と夜の日比谷公園でデートをするいい場面がある。二人は広場でダンスをする。

昭和二十八年（一九五三）に公開された田中絹代監督の終戦直後の「パンパン」を描く『恋文』（丹羽文雄原作）では、日比谷公園に夜の女たちがたむろした。その時代に比べると、世の中が落ち着いてきている。

鶴田浩二といえば、小津安二郎監督の昭和二十七年の作品『お茶漬の味』では、「ノンちゃん」という好青年を演じているが、日比谷交差点近くのお堀端（日比谷濠）をのんびり歩く場面がある。『お茶漬の味』のなかの小春日和のような楽しい場面。

日本に長く滞在し、東京の風景を数多くスケッチしたフランスの詩人ノエル・ヌエットは『東京のシルエット』（法政大学出版会、酒井傳六訳、一九五四年）のなかで、お堀端の美しさを讃えている。

「私の興味をひいた日本の景色は非常に多いが、いつ見ても変らぬ美と魅力をたたえているのは皇居周辺の景色である」

小津安二郎もヌエットと同じように皇居周辺の、戦争を経たとも思えない美しさに惹かれたのだろう。昭和三十一年（一九五六）の作品『早春』では、丸の内の会社に通うサラリーマンたち（池部良ら）が、日比谷濠を見下す、皇居外苑の草土手で昼休みを過ごしている。美しいお堀端はもう戦争の傷跡を感じさせない。日比谷濠の向いにある第一生命ビルにオキュパイド・ジャパンの時代にマッカーサーのオフィスがあったのだが、それも過去のものとなっている。

青春の集会場所

『結婚期』で鶴田浩二と有馬稲子が日比谷公園でデートをしたように、この周辺は若い男女が歩く場所にふさわしい。

川島雄三監督の昭和二十八年の作品『新東京行進曲』では当時、有楽町にあった新聞社（モデルは「毎日新聞」）の記者、高橋貞二が通勤の途中に出会い、好きになった女性（有楽町にあった都庁に勤めている）を誘って日比谷濠の堀端を歩く。

「東京じゅうでここがいちばん好きだ」

佐田啓二と岸惠子の『君の名は』コンビの昭和二十八年の作品、中村登監督『旅路』では、丸の内の会社に勤めるタイピストの岸惠子が会社の帰り、友人の北原三枝と日比谷公園を歩く。公園のなかにはテニスコートがあり、そこで彼女がひそかに想っている佐田啓二がテニスをしているのを見る。そのあざやかなプレイぶりにいっそう心をときめかす。

佐田啓二のテニスの相手は西洋人。公園の向いにある帝国ホテルに泊っているのだろう。この時代の帝国ホテルは超がつく高級ホテルで、なかなか日本人は泊れなかった。

昭和二十九年の二月にマリリン・モンローが夫のジョー・ディマジオと来日したときに泊ったのは帝国ホテル。

竹谷年子『客室係がみた帝国ホテルの昭和史』（主婦と生活社、一九八七年）によると、ホテルに三泊したが連日、マスコミが押しかけ大変な騒ぎ。ベランダに出たモンローの写真を撮ろうと近づこうとして記者が池に落ちたりしたという。

「でも、奥さまのモンローさんが、大騒ぎされればされるほど、ご主人のディマジオさんは、機嫌を悪くしていらっしゃる様子で、一日中、ものも言わずに、ベッドにもぐり込んでいる、という日もありました」。人気スターを奥さんに持った夫の悲劇。のちに二人は離婚してしまう。

『旅路』ではテニスをしていた佐田啓二が岸恵子と北原三枝に気がつき、二人のところに挨拶に行く。そして、自分は用事があって行けないが、日比谷公会堂のバレエの切符が二枚あるからどうぞと渡す。

日比谷公会堂のバレエといえば、木下恵介監督の昭和二十四年（一九四九）の明朗青春映画『お嬢さん乾杯』。銀座あたりで小さな自動車工事を経営している佐野周二が、元華族のお嬢さん、原節子と見合いをする。あるとき、彼女のお伴で日比谷公会堂にバレエを見に行く。貝谷八百子バレエ団の公演。ショパンの「幻想即興曲」に乗ってバレリーナが踊る。その美しい姿に、一見、武骨に見えた佐野周二が涙を流す。

日比谷公会堂は、関東大震災のあとの東京復興期に市長、後藤新平の発案により、安田財閥の援助を受け作られた。完成は昭和四年（一九二九）。ここは戦前、日本の数少ないクラシックのホールとして活用された。大正十五年生まれのエッセイスト、木村梢（俳優の木村功夫人）は『東京山の手昔がたり』（世界文化社、一九九六年）のなかで書いている。

「日比谷公会堂。私たちの世代のものにとっては青春の集会場である」

木村梢は戦前、ここでクラシックのコンサートを楽しんだという。前述の川島雄三監督『新東京行進曲』には、戦前、ここでソ連の歌手、シャリアピンのコンサートが開かれた様子が描かれている。

戦後、日比谷公会堂は幸いにも焼失することはなかった。黒澤明監督の終戦後の作品『素晴らしき日曜日』（一九四九年）では、若く、貧しい恋人たち（沼崎勲、中北千枝子）は日比谷公会堂にシューベルトの「未完成交響曲」を聴きにゆく。しかし、切符はダフ屋に買い占められてしまって聴くことができない。

仕方がなく二人は、誰もいない日比谷野外音楽堂に行く。そこで沼崎勲が指揮の真似をする。中北千枝子が映画の観客に向かって言う。「皆さん、拍手をしてください」。あまりに有名な感動的場面。日比谷の野音とはこの映画と共に長く人の心に残ることになる。

ハレの日は映画街へ

昭和九年（一九三四）、大実業家、小林一三によって日比谷に「アミューズメント・センター」と呼ばれる劇場街が作られた。現在の日比谷の映画街の前身である。

東京宝塚劇場、日比谷映画劇場、有楽座など東宝系列の大型映画館が次々に誕生し、浅草に代わる新しい盛り場になった。

安岡章太郎は回想記『僕の東京地図』（世界文化社、二〇〇六年）のなかで書いている。

「浅草がさびれてきたのは、日比谷有楽町界隈に東宝系アミューズメント・センターと称するものが出来てからである。有楽町のまわりは交通の便がいいうえに、劇場も映画館も新しく設備がよく、まわりの環境も明るく近代的で、すべてがインテリや中産階級好みに出来ていたから、たちまち浅草は興行街の王座を追われて、二流の盛り場に転落してしまった」

日比谷の劇場街が成功したのは、なんといってもそこが銀座の隣り、銀座の入り口だったからだろう。谷崎潤一郎の『細雪』には昭和十年代、芦屋から東京に出て来た蒔岡家の三女、幸子が帝国ホテルに泊り、そこを拠点に銀座に買い物に行ったり、銀座の美容院に行ったりする様子が描かれているが、日比谷は銀座の入り口という地の利のよさがうかがえる。

昭和六年（一九三一）に発表された永井荷風の『つゆのあとさき』は、銀座のカフェで女給として働く君江を主人公にしているが、冒頭、君江は銀座に出るとき、市ヶ谷あたりの家から堀端を歩き、途中でバスに乗り、日比谷の交差点で降り、そこから数寄橋を渡って銀座の町へ入ってゆく。

日比谷が銀座の入り口になっているのがわかる。これは昭和四十年（一九六五）の日活青春映画だが、『東京は恋する』（柳瀬観監督）では、冒頭、画家の卵の舟木一夫がひとりで日比谷の映画館でフランス映画を見て、そのあと歩いて銀座に出る。そこで偶然、可愛い女の子（伊藤るり子）に出会い、恋がはじまる。舟木一夫がブレザーにネクタイと精一杯おしゃれをしているのは、ロードショー館で映画を見るからだろう。

日比谷の映画館街はロードショー館ばかり。昭和十七年生まれ、東宝の社長を務めた高井英幸氏の回想記『映画館へは、麻布十番から都電に乗って』（角川書店、二〇一〇年）によると、高井氏は十代の頃、有楽座でシネマスコープの第一回作品『聖衣』（一九五三年）を見てから映画の魅力に惹かれ、足繁く日比谷の映画街に通ったという。

十代の頃に、普通にロードショーを見ることができたとは羨しい。私などは日比谷に行くことなどめったになく、ハレの日に行ったくらい。

わずかに日比谷映画劇場で『リオ・ブラボー』（一九五九年）と『騎兵隊』（同年）、有楽座で『アラビアのロレンス』（一九六二年）を見たくらい。

だから大学を卒業して有楽町の朝日新聞社に勤めるようになってから、日比谷映画劇場で『明日に向かって撃て！』（一九六九年）、みゆき座で『イージー・ライダー』（同年）などを普通に見られるようになったのはうれしかった。

いまでも日比谷の映画街に足を踏み入れると心おどる。

銀幕のなかの闇市

二〇一五年九月

戦後は闇市と共に始まった。そのことを強く印象づけるのは、深作欣二監督の『仁義なき戦い』（一九七三年）。第五作まで作られるこのシリーズは、やくざの抗争を描いた戦後裏面史になっているが、第一作はタイトルに広島の原爆投下のキノコ雲が映し出され、物語は昭和二十一年（一九四六）の呉市の闇市から始まる。

戦時中、軍港だった町だから、闇市もにぎわっている。露店では、雑炊が飛ぶように売れる。札が無造作にブリキ缶に詰めこまれる。何が入っているのかわからないシロモノだが、腹をすかした者にはともかく腹に入ればいい。犬がつながれているところを見ると、犬の肉も入れるのか。店先には豚の頭もぶらさがっている。

戦後の闇市の雑然とした熱気が伝わってくる（もちろん映画のなかの闇市はセットで再現されたものだが）。

菅原文太演じる復員兵は、バラックの店でカストリを飲む。どこからか「リンゴの唄」（サトウハチロー作詞、万城目正作曲）が流れてくる。映画のなかの闇市の場面に「リンゴの唄」が流れるのは定番。

突然、あたりが騒がしくなる。日本の女性が数人のＧＩに追われてくる。倒され、犯されそうになる。まわりの日本人は手をこまねいている。ついに文太が立ち上がり、ＧＩたちとたちまわりを演じる。これがきっかけで、この復員兵はやくざになる。

戦後は、闇市の混乱と熱気から始まっている。誰もが生きるために必死になっている。

闇屋に生きる女たち

成瀬巳喜男監督の『女の歴史』（一九六三年）は、戦前から戦後を生き抜いた女性の物語（脚本は笠原良三）。高峰秀子演じる主人公は、東京、深川の材木商に嫁ぐが、戦争が始まると、夫（宝田明）は兵隊に取られ、戦死する。家は焼かれる。

戦後、心細くしているときに、夫の友人（仲代達矢）に会う。惹かれ合う。二人が闇市に行く場面がある。ここでも「リンゴの唄」が流れている。焼け跡に粗末な食堂（主人は加東大介）ができている。そこで二人はカレーライスを食べる。この時代、御馳走だろう。主人は、戦争前はホテルのコックをしていたと言っている。

店には派手な恰好のパンパンたちもやってくる。闇市の場面にパンパンが登場するのもまた定番。

林芙美子原作、成瀬巳喜男監督の『浮雲』（一九五五年）では、高峰秀子演じる主人公のゆき子は、仏印から引揚げてきて、池袋あたりの闇市で声を掛けてきたＧＩ（ロイ・ジェームス）のオンリーになる。闇市はパンパンたちの仕事の場所でもあった。

『女の歴史』では、仲代達矢演じる夫の友人は、『仁義なき戦い』の菅原文太と同じように復員兵。軍隊にいたから、戦争が終って、軍の倉庫には豊富に物資があることがわかっている。そこで、ガソリンと木材を盗む。

戦後の闇市に、いったい、それまでどこにこんなにモノがあったのかと驚くほどモノが現われるのは、軍から流れ出たからとわかる。これについては、ロバート・ホワイティングの『東京アンダーワールド』（角川書店、二〇〇〇年）に「（闇市の）商品の大半は軍部からの盗品だ」とある。旧大日本帝国の軍隊から盗んだ品物を、テキヤ（露天商）は大胆不敵にも公然と青空市に並べた。泥棒市と言っていい。

「アメリカ軍が本土に上陸した場合に備えて、日本軍はひそかに四百万人分の物資を各地に蓄え、敵を迎え撃つ準備をしていた。ポツダム宣言によれば、日本政府はそのような物資をすべて放出すべきだった。しかし、降伏後の混乱地獄に、まともな責任者など存在するわけがない。全国の兵站《へいたん》部に蓄えられた軍需品のうち、七〇パーセントあたりが略奪されたことになる」

終戦後、要領のいい復員兵は持てるだけの物資を持ち、帰還した、とよく言われる。昭和の作家、野口冨士男は戦時中、海軍に召集された。終戦を横須賀で迎え、八月末に復員した。そのとき、要領のいい復員者が「衣嚢《いのう》をリュックサックのように改造して、更にそれよりも大きな荷物を両脇にくくり附けただけでは足りなくて、その上にもう一つ荷物を横にして積み重ね、食糧を山と詰め込んだ食罐を両手に提げていた」のを見ている（野口冨士男『越ヶ谷日記』越谷市教育委員会、二〇一一年）。

あるところにはあったのである。なるほど、これで戦争が終って一週間もたたないうちに、どこからともなくモノがあふれ出てきたことが腑に落ちる。

てくる。

『女の歴史』の未亡人となった高峰秀子は、闇屋を始める。千葉か茨城あたりに出かけて闇米を買ってくる。

闇商売には元締めがいる。やはり未亡人となった女性（淡路恵子）で、表向きは美容院を開きながら、裏で闇商品を扱っている。店には毎日のようにパンパンがやって来て、米兵から手に入れた煙草を売りにくる。軍からの盗品の他に、米軍からの横流しもあったことがわかる。

印象に残る場面がある。高峰秀子の小さな子どもが肺炎になる。命が危ない。ペニシリンが欲しいが、当時は、超貴重品。まともな方法では手に入らない。そこで元締めの淡路恵子に頼みにゆく。パンパンの一人（草笛光子）が米兵から手に入れてくる。それで子どもは助かる。

闇物資が、いかに戦後の混乱期の日本人を支えていたか。法律を守っていたら生きてはゆけない時代だった。

新宿のドン、尾津喜之助

闇市は、新宿のテキヤの親分、尾津喜之助の尾津組が、新宿で始めたのが最初と言われている。「光は新宿より」の有名な惹句（いまふうに言えば、広告コピー）で、「尾津マーケット」が開店した。八月二十日というから驚く。終戦からわずか五日後。その直前、八月十八日には都内の主要紙に、都内や近県の軍の下請けだった中小企業にダブついていた製品を、尾津組が引き受けると広告を出している。とすると、闇市の品物は必ずしも軍からの盗品ばかりだったわけでもないだろう。

尾津マーケットでは、茶碗、鍋、食器、下駄などの日用雑貨品が売られた。林芙美子の『浮雲』には、主人公の幸田ゆき子が、新宿の町を歩くくだりがある。そこで路上に露店が並ぶにぎやかな闇市を見る。

「ビルにそって右へ曲ると、いくつもの小路のなかに、地べたに店を拡《ひろ》げている露店市が、ぎっしりと並んでいた。鰯を石油罐から摑み出して売っている。小さい硝子箱には飴もある。ピラミッドのように積み上げた蜜柑を売る店、ゴム靴屋、一ぱい五円の冷凍烏賊《いか》を並べている店、どんな路地の中にも、そうした露店市が路上にあふれていた」

新宿の闇市の活況が伝わってくる。新宿には尾津組のマーケットの他に、西口の安田組の民衆市場と、南口の和田組マーケットがあった。民衆市場は現在の「思い出横丁」の原型である。

中央線の沿線には、現在、東中野、中野、阿佐ヶ谷、西荻窪、吉祥寺と駅周辺に市場のような一画が残っている（荻窪は再開発で消えた）。戦時中、駅を守るために駅周辺が建物疎開で空地になった。戦後、その空地に商店が集まった。闇市の名残りを感じさせる。

尾津組の尾津喜之助の娘、尾津豊子が書いた回想記『光は新宿より』（K&Kプレス、一九九八年）によると、尾津喜之助はなかなかの人物だったらしい。

娘の書いた本だから、多少は割引きして読まないといけないが、東京の下町、本所の生まれで、義俠心に富み、東京空襲のときには下町の焼け出された人たちのために、日用品を無料で配っているし、戦時中は、淀橋警察署の依頼を受け、新宿に防空壕を作っている。闇市の開設も自然なことだった。

ちなみに、尾津豊子は木下恵介監督『二十四の瞳』（一九五四年）に、十二人の生徒の一人、没落する庄屋の娘として出演している。

野村敏雄『新宿うら町おもてまち』（朝日新聞社、一九九三年）によれば、「尾津は東京街商組合長として業界の振興にも力をそそいだが、露店を新宿通りまで延長し、露店経営者には引揚者や失業者、戦争未亡人を優先的に使い、また失業対策事業として焼跡整理も積極的におこなっていた」。「光は新宿より」は決して付焼刃のキャッチフレーズだったわけではない。松平誠が『ヤミ市　幻のガイドブック』（ちくま新書、一九九五年）で書いているように、「行政や警察は占領政策の行方が摑めず、国民の生命と生活を守る自信もなかった。自力で生きていくことを、だれもが容認していた時期だった。だからテキ屋の青空市場も、それなりの快挙として、当初は人びとの支持を得ることができたのである」。

闇市には、明るさがあったことは確かだろう。『浮雲』のゆき子は、新宿の闇市を歩いたあと、こんなことを思う。

「旧弊で煩瑣《はんさ》なものは、みんなぶちこわされて、一種の革命のあとのような、爽涼《そうりょう》な気がゆき子の孤独を慰めてくれた」

引揚者として先きの見えない女性が、闇市の活気に慰められている。若い頃、行商人の娘として渋谷の道玄坂で露店を開いたことのある林芙美子は、露店商たちに共感している。

闇市のなかでたくましく生きる者は多い。丹羽文雄原作、田中絹代主演の前述の『恋文』（一九五三年）は、渋谷の「恋文横丁」（米兵相手の女性のために、英文の手紙を書く恋文屋があった）を舞台にしている。

主人公の森雅之は復員兵で、なかなか戦後社会に順応できないが、弟（道三重三）のほうはたくましい。パンパンを通じてアメリカの雑誌、『ヴォーグ』や『セブンティーン』『エスクァイヤ』をいち早く手に入れると、それを露店で売る。商売上手。たくましい。

本田靖春『疵《きず》——花形敬とその時代』（文藝春秋、一九八三年）によると、終戦後、ワシントンハイツに米軍が、エビス・キャンプに英連邦軍が進駐してきた結果、渋谷には彼ら相手の女性が増えると同時に、アメリカの物資が闇市に流れたという。『恋文』のこの青年は、その流通網を巧みに利用したことになる。

「われらの仲間」三代目三遊亭歌笑

終戦後の混乱期に大人気になった落語家がいる。三遊亭歌笑。その「珍顔」と、時代を風刺した「歌笑純情詩集」で終戦後の日本人に笑いを与えた。古典落語を重んじる旧派からは「アプレ」「ゲテ」と批判されたが、生きるのに懸命だった市井の人間たちに熱く支持された。

歌笑を描いた映画がある。沢島忠監督の『おかしな奴』（一九六三年）。渥美清が歌笑を演じている。

この映画を見ると、歌笑の人気を支えていたのは、闇市に生きる露店商と、パンパンたちだったことがわかる。闇市に置かれたラジオのまわりに集まってきた彼らが、「歌笑純情詩集」を聞いて、大いに笑う。闇市には林芙美子のいう「旧弊で煩瑣なものは、みんなぶちこわされて、一種の革命のあとのような、爽涼な気」があったから、古典落語にとらわれない歌笑が「われらの仲間」と支持されたのだろう。

歌笑が真打になったとき、祝いの花輪が「パンパンと闇屋からのものばかり」というのが笑わせる。

そういえば演じた渥美清もまた、若い頃、上野の闇市で進駐軍の放出物資を売ったり、闇のかつぎ屋になって上野と仙台の間を往復していた。渥美清の笑いの源のひとつには、闇市がある。

三遊亭歌笑は、人気絶頂の昭和二十五年、銀座で進駐軍のジープに轢かれて即死した。三十二歳の若さだった。

露店が法律で規制され、闇市が完全に消えるのはその翌年。

失なわれた日暮里への思い

吉村昭論

——二〇〇八年二月

吉村昭は昭和二年（一九二七）に東京の日暮里に生まれている。父親はここで製綿工場を経営していた。寝具や丹前に入れる綿を作る。

生家は日暮里駅（山手線・京浜東北線）の東口、駅から歩いてすぐ。現在ラングウッドというホテルがあるあたりだという。

日暮里が開けたのは日露戦争のあとで、日暮里駅は、日露戦争直後の明治三十八年（一九〇五）に開設されている。吉村昭の父親が静岡県から東京の日暮里に移り住んだのはその頃だ、と随筆『東京の下町』（文藝春秋、一九八五年）に書いている。

日暮里は日本橋や神田に比べれば明治になって開けたところなので、「下町」と呼ぶのは気が引けると吉村昭はいうが、昭和に入っての日暮里は、もう下町と呼んでおかしくない。住宅と商店と町工場が建ち並ぶ。

物売り、飲食店、娯楽があふれる世界

吉村昭は『東京の下町』をはじめ、『昭和歳時記』（文藝春秋、一九九三年）『東京の戦争』（筑摩書房、二〇〇一年）の三冊の随筆集で、昭和はじめ、まだ平穏な小市民の暮しが営まれていた頃の日暮里の町の思い出を綴っている。

下町らしいなと思うのはまず物売りが多いこと。吉村昭は町にやってきた数々の物売りを懐しく思い出している。

朝が早いのは牛乳配達、豆腐屋、納豆屋。子供が学校から帰る頃になると紙芝居がやってくる。さらにおでん屋、糝粉細工《しんこざいく》屋、シューマイ屋、ベッコウ飴屋、珍しいのは「ツケンメー、ツケンメー」といいながら青梅を盛った大きな笊を天秤棒でかついで売り歩く漬け梅屋、あるいは風鈴屋、金魚屋、虫売り、そして子供たちが目を輝かせてその仕事ぶりに見入った羅宇屋などなど。

実に多くの物売りが町にやってくる。

これはひとつには、下町には、商店が多く商店は千客万来の世界だから、物売りという他所者を受け入れやすかったためだろう。

路地や横町が公共地として子供の遊び場になっていたり、おかみさんたちの井戸端会議の場になっていたりするから物売りが入りやすい。これが山手というか、世田谷区や杉並区の住宅地になると、家が塀や垣根で囲われているから物売りには入りにくくなる。

また日暮里には飲食店が多かったというがこれも下町の特色だろう。

誰でも気軽に入れるそば屋をはじめ、さまざまな飲食店がある。「天ぷら屋、支那料理屋、鮨屋、ミルクホールなど、飲食店が至る所にあり、出前をしていた」（『東京の下町』）。

下町に飲食店が多かったのは、商店といい町工場といい、主婦も働くことが多く、山手のサラリーマン家庭の専業主婦と違って、なかなか料理のための時間がなかったことが一因だろう。

近所には飲食店の他に映画館など娯楽の場も多い。だから、上野や浅草まで出かけなくても（どちらの盛り場も日暮里に近いのだが）、日暮里という生活圏でことが足りてしまう。便利な町場である。「町は一個の独立した生活圏で、その範囲内で楽しむことができるのである」

下町と山手の違いだろうか。

大正十二年（一九二三）浅草生まれの池波正太郎は、画文集『東京の情景』（朝日新聞社、一九八五年）のなかで、「むかしの東京・下町に住み暮らしている人びとは、よほどのことがないかぎり、自分の住む町の外へ出て行かなかった」と下町の特色を描いている。

町のなかに、飲食店や娯楽の場が揃っているから、いちいち盛り場に出ることはなかったのである。山手の家庭がハレの時に、銀座や新宿の盛り場に「お出かけ」したのと違っている。

大人だけではない。子供もそうだ。町なかに面白いところがあるから、家から町へと飛び出してゆく。町を子供の頃から楽しみ、消費する。

吉村昭少年もそんな町を楽しむ子供だったようだ。池波正太郎も子供時代、こづかい銭をにぎりしめて浅草に映画を見に行ったり、芝居を見に行ったりしたというが、吉村昭少年も、子供の頃、近所の映画館に映画を見に行くのが大好きだったという。

意外なことに若い頃には、映画監督になりたいという夢を持っていた。子供時代に、毎週のように近所の映画館で、羅門光三郎主演の時代劇を見ていたからだという。

日暮里には、「第一金美館、第二金美館、富士館、日暮里キネマの邦画を主とした四館があり、さらに少し足をのばせば三ノ輪にキネマハウス、本郷に本郷座という洋画専門館、入谷に入谷金美館などがあった」（『東京の下町』）。

ひとつの町にこんなに映画館があったとは。ちなみに「金美館」は戦後も、下町に多くの映画館を持ったチェーンで、現在も日暮里にはその名残りで「金美館通り」という商店街がある。

「小学生が一人で映画館に入ることは禁じられていたが、物に憑かれたように欲望をおさえきれず、道をうかがい小走りに入りこむ。むろんそれが知れれば、母に激しく叱られる」（『東京の下町』）

小学生にしていっぱしの悪場所通いである。吉村昭少年の映画館通いを叱ったという母親にしても、下町の女性らしく芝居好きだったというから、息子が映画館に通うのをそんなにきつくは叱れなかったのではあるまいか。

吉村少年は、もう少し大きくなると浅草にまで出かけ、寄席にも入りびたったという。吉村昭というと、謹厳実直、ストイックなイメージが強いが（それは、城山三郎、藤沢周平という昭和二年生まれの作家にも共通している）、子供時代は、池波正太郎と同じように町っ子である。東京の下町育ちならではだろう。

物売りからモノを買ったり、映画を見たり、落語を聞いたりする。こうした遊びが出来るのは、吉村昭少年がわずかとはいえ、親から一日、一銭か二銭の小遣いをもらっていて自由な行動、町遊びが出来たからである。

この点も下町と山手で違う。

日暮里でも「医者、弁護士や会社勤めの家の子は小遣いなしの場合が多く、家から与えられる洋菓子などを手にして淋しそうであった」(『東京の下町』)。「医者、弁護士や会社勤めの家」の子供たち、いわば山手風の家では、子供に「買いぐい」をさせないために、小遣いを与えなかった。「買いぐい」は下品なこととされた。下町と山手の違いである。向田邦子は『父の詫び状』のなかで、「昔は子供がお金を使うことなどもってのほか」と書いている。山手の感覚だろう。

吉村家では、父親が「商家の子供なのだから金の使い方を教えるのも大切だと言って」吉村昭少年に小遣いを与えていた。いわば、父親は子供を大人として見ていた。

吉村文学は「若者の文学」ではなく「大人の文学」、つまり、実社会で生きている人間の哀歓を描いているが、そのもとは、下町ならではの、子供時代の小遣いにあるのではないか。

生まれ育った町が一夜で消えた

東京の下町(東東京)と山手(西東京)の違いに触れながら書いてきたが、この二つの地域のいちばん大きな違いは、昭和二十年の空襲の被害にあるのではないか。山手も五月二十五日の空襲で大きな被害を受けたが、下町はより犠牲者が多かった。

『東京の戦争』で書かれているように日暮里の町は四月十三日の空襲で焼失した。吉村昭は当時、十八歳。幸い近くの広大な谷中墓地へ逃がれ、命は助かったが、自分の生まれ育った町が一夜にして消えてしまったことは十代の少年にとって大きな衝撃になったことは想像に難くない。

その夜、谷中墓地へと逃げる家族に置き去りにされた老婆の思い出や、谷中墓地では戦争を知らないように桜の花が咲いていた思い出は、深く心に残る。

吉村昭が近代日本の戦争にこだわり続けたのは、生まれ育った町が焼かれたことへの悲しい思いがあったためではないだろうか。

大塚という町の記憶

田村隆一論

——二〇一〇年十一月

「酒は、その土地を離れることを嫌う」という名言が吉田健一のエッセイにあると田村隆一は書いている。死の床で、酒を一合ほど飲んだというほど酒を愛した詩人にとって、この言葉は自身のことを語っているように思えたのではないか。自分もまた「その土地を離れることを嫌う」。

東京、山手線の大塚駅に近い、かつての三業地に生まれた田村隆一にとって「その土地」は「東京」である。

生家は祖父が営む料亭「鈴む良」。戦時中に建物疎開に遭い、いまはもうその面影もない。田村隆一が愛してやまなかった居酒屋、いまも大塚駅の南口に健在の「江戸一」の裏あたりにあったという。そこに大正十二年（一九二三）、震災直前に生まれている。

祖父はもともとは隅田川の東、向島小梅の両替商の長男だったが、明治維新で世の中が大きく変わり、新しい商売を思いたった。鳥料理屋。場所は大塚。大正九年の開業。丁稚仲間が第一次世界大戦のおかげで成金になり資金を出してくれた。

当時の大塚はまだ市中ではない。東京のはずれ。祖父は雑木林を切り開いて鳥料理屋を始めた。田舎に店を出したので、地元の人間には変わりもの扱いされた。

ところが大正十二年九月の関東大震災でことは一変する。壊滅的打撃を受けた市中に比べ大塚界隈は被害が少なかったため、下町の業者たちが大塚に移ってくる。震災後、東京のはずれの田舎は、たちまちにぎやかな花街《かがい》になった。最盛期の昭和十六年（一九四一）には、料理屋が二十軒、待合が百余軒、芸妓が六百人もいたというから一大花街である。戦前は、現在の池袋より、大塚のほうがはるかににぎやかだった。

田村隆一の「東京」はこの「大塚」である。東京のはずれが次第ににぎやかになってゆく、新開地である。東京という町の特色は、森鷗外のいう「普請中」にある。急速な近代化が進むからいつも工事が行なわれている。風景が次々に変わる。東京の人間はこの風景の激変を日常的に体験する。そこからノスタルジーという独特の感情が生まれる。京都や奈良のように古都とはそこが大きく違う。古都では「歴史」が重んじられるが、東京では小さな「記憶」が大事になる。ノスタルジーとは失われた風景の記憶である。

たとえば田村隆一は、子供の頃、家の前を流れていた谷端《たには》川という石神井川の支流の思い出を書いている。

「ぼくの家のまえには、石神井川の支流の谷端《たには》川が流れていて、樹齢二百年の大きな欅の木があって、小鳥がとまっては、よくさえずっていたものさ」
「その川も、昭和七年には、暗渠になってしまって、ぼくの思い出も、そこでフッと消えてしまうのである」（「夜の帽子」）。

故郷の消滅

町の発展とは、それまで親しんでいた風景が消えてしまうことである。「普請中」が当り前になっている町に住む者はそれに耐えなければならない。普通のことなのだとノンシャランにやり過ごさなければならない。

谷端川が暗渠になった昭和七年（一九三二）といえば、東京の市区大改正が行なわれた年で、大塚は新しく成立した豊島区に入った。東京のはずれが市中に入った。田村隆一は、子供の頃に町の発展、そして風景の消滅を体験したことになる。

昭和七年といえばまた第一次上海事変が起こった年でもあり、日本の国は次第に軍事色を強めてゆく。そして太平洋戦争の激化とともに前述したように生家は建物疎開によって消えてしまう。

東京は関東大震災と空襲という二つのカタストロフィに遭っている。世界の大都市のなかで近代になって二度も大きな災禍を経験しているのは東京くらいしかない。

関東大震災の時には被害のなかった大塚も空襲は避けることが出来なかった。昭和二十年五月の空襲で町は焼失した。

田村隆一は昭和十八年、明治大学の学生のとき学徒動員で海軍に入った。戦争が終わり駐屯地の舞鶴から東京に戻った。そこで見たのは失われた故郷だった。

「富士見坂の上からわが故郷を眺めると、地上からきれいに消えていた」（「カボチャ」）

「想像を絶した焼野原。土蔵と金庫が焼けただれていて、大きな樹木は、まるでシュルレアリスムの絵のように曲りくねっている。前方に、焼けビルが見えたので、大塚の市電の車庫かと思ったら、よくよく見れば新宿の伊勢丹ではないか」（「米一斗と四千円」）

いま手元にある『東京都35區區分地圖帖　戦災焼失區域表示』（昭和二十一年に出版されたものの復刻版）を見ると、大塚から池袋にかけては、焼失を示す赤で塗りつぶされていて、被害の大きさに愕然とする。

その夜、復員した田村隆一は小学校、商業学校以来の友人が暮す防空壕に泊めてもらいカボチャを食べた。「ぼくの戦後は、このカボチャから始まる」（「カボチャ」）

子供の頃から風景の消滅を見続けていた田村隆一は、ここで故郷の消滅という最大の悲劇を体験したことになる。ただ田村隆一はそのことを大仰には語らない。自分のことをいつも他人のように突き放して語る、東京っ子特有のことを大仰に語らない精神を持つ詩人は、故郷の焼失を仰々しく語ることはない。あくまでも「ぼくの戦後は、このカボチャから始まる」と悲しみを抑制する。

戦後は民主主義が謳われたが、現実は不平等からの出発だった。戦争で家族を失った者とそうでない者、家を焼かれた者とそうでない者。その差はあまりに大きかった。

東京の場合、杉並区や世田谷区などの西東京は空襲の被害が少なかったが、下町は三月十日の東京大空襲で大きな被害を受けた。

大塚という町は山の手なのか下町なのか区別は難しいが、大塚の隣りの巣鴨を故郷とする評論家、安田武は回想記『昭和　東京　私史』（新潮社、一九八二年）のなかで、若い人は巣鴨は山手線沿線だから巣鴨は山手だと思うようだが「巣鴨は、むろん『山手』ではない」と断言している。

大塚も同様と考えていいだろう。とくに田村隆一にとっては大塚は下町であるという意識が強かったのではないか。

大塚は前述したように関東大震災のあと下町の人間が移ってきて開けていった、いわば第二の下町である。しかも花街である。

「ぼくが生れ育った大塚の花街は、激動する大正期の文化をよそに、幕末以来の享楽的なエンタテインメントを売りものにする閉鎖的な社会を維持しつづけていた」（「セルビアの青年」）。まさに下町である。「ぼくの遊び仲間も、下町からやってきた業者たちの子どもたちだったから、下町の伝統をそのまま受けついだゲームばかり、メンコ、ベーごま、竹馬、ビー玉、石けり、凧あげ、そして、集団的なゲームとなると、原ッパで、チャンバラごっこ」（同）

町内には「活動写真小屋」もあるし「寄席」もある。子供の頃から映画や落語を楽しむ。このあたり、浅草に生まれ育った同年齢の池波正太郎の子供時代と変わらない。大塚に生まれ育った田村隆一はあくまでも下町っ子である。

町内には銭湯もあり、田村少年は小学校六年になるまで祖母に連れられて、銭湯の女湯に入っていたという。「花町の労働力は女性の双肩にかかっている。だから、午後三時から四時ぐらいまでの女湯は、芸者衆、料理屋の女中、待合の仲居たちでごったがえしていた」（『ぼくの憂き世風呂』）

こんな光景は山の手ではまずありえない。銭湯は下町文化である。昭和のはじめ浅草の高級呉服店で育った芝木好子は自伝的作品『隅田川』（一九六一年）で「そのころ町家は浴室を持たないのが普通であった」と書いている。田村隆一の銭湯好きはよく知られているが、その下地は大塚での子供時代に作られている。

地元の小学校を卒業した田村少年は昭和十年、深川の府立第三商業学校（現在の都立第三商業高等学校）に入学する。花柳界を離れて外部の世界と接触した最初の体験だが、深川はまさに下町。生徒は下町の商家や問屋の子弟たちで、「（略）軍人、官僚、学者、大企業、銀行などの子息はひとりもいなかった」（「モナリザの失踪」）。

大塚の料理屋の子供として違和感はなかっただろう。こう見てくると田村隆一は池波正太郎のような生粋な、とまではいえなくとも下町っ子といって間違いないだろう。しかも大塚は旧下町とは距離があったから、客観的に見ることが出来る。ちょうど山の手、麻布市兵衛町の洋館に住みながら、異文化としての下町に惹かれた永井荷風のように。

そして、旧下町と大塚には、ともに空襲で焼失したという共通の記憶がある。消えてしまったから追慕の情は深まる。田村隆一が好んで下町の銭湯を渡り歩いたり、永井荷風の『濹東綺譚』に惹かれて玉の井に出遊した思い出を書くのは、あるべき下町や花柳界が失われてしまったからだろう。

田村隆一は自分を「失われた世代」と呼んでいるが、それは大塚という故郷を失った喪失感ゆえに違いない。

ノスタルジーは「単なるノスタルジーではなく」という紋切型の言い方があるように近代日本では

きわめて評判が悪い。しかし、つねに「普請中」で故郷を失い続けている東京の人間にはかけがえのない、独特の感情である。大きな「歴史」になる手前で「記憶」にとどまる。「記憶」の細部を大事にしてゆく。田村隆一が過去追慕の作家、永井荷風が好きなのは当然である。ちなみに「若い荒地」というエッセイによると祖父は、孫が海軍に入隊する日、岩波書店版の『濹東綺譚』を餞別にくれたという。

もうひとつの下町へ

「ぼくが東京から追い出されて、鎌倉の材木座の借家に住みついたのが、ざっと二十年まえ」(「散髪屋さんの話」)とあるように、田村隆一は昭和四十五年(一九七〇)に東京から鎌倉に移り、終生そこで暮した。東京に生まれ育った永井荷風が戦後、市川に移住したことを思い出させる。

田村隆一にとって鎌倉はなんだったのか。それは決して若者の集まる海の町でも観光地でもない。実は、鎌倉はもうひとつの下町だった。「わが町」というエッセイで材木座には「まだ町内が生きている」と書いている。個人商店が多く、店主は皆、同じ小学校の出身。豆腐屋だけでなく他の商店も朝が早い。なんと酒屋は午前七時に開く。「おかげで朝、酒屋さんに行って、ビールを飲みながら新聞を読むくせがついてしまった」

田村隆一は明らかに鎌倉にもうひとつの下町を見ている。永井荷風が市川に古き良き東京を見たように。鎌倉で故郷に戻ったような気持になったのではないか。

最後に個人的なことを。田村隆一さんにはお目にかかったことはない。私などの世代から見れば雲の上だったから。ところが一九九六年だったと思うが、ある日、突然、電話をいただいた。「田村隆一です。あなたがお書きになった『荷風と東京』はとてもよかった」。それだけで電話は切れてしまったが、うれしく驚いた。『田村隆一全集　5』で、田村隆一さんが拙著を評していたことを知り納得した。有難いことである。

現代作家の描く三鷹

――二〇一〇年十一月

最寄りの駅が吉祥寺になってしまうのでつい武蔵野市と思ってしまうが、井の頭公園の大半は三鷹市になる。

吉村昭は長く三鷹市井の頭に住んだ。よく井の頭公園を歩いた。

「井の頭公園に接した地に移り住んだのは二十五年前で、夕方になると公園を横切って吉祥寺の町に飲みに行く」(『私の流儀』新潮社、一九九八年)

夫人の津村節子も同じように井の頭公園をよく歩くと書いている。

「三十年前に井の頭公園に隣接する土地に家を建ててから、四季折々の移り変りを楽しんできた。家から吉祥寺駅まで、公園の中を通り抜けて行くのが最短距離なので、都心に出る時も、吉祥寺の繁華街へ出かける時も、必ず公園を歩く。一日中背をこごめて机に向う仕事をしているので、駅までのわずかな間でも気分転換になる」(『似ない者夫婦』河出書房新社、二〇〇三年)

家のすぐ隣りに緑の多い井の頭公園がある。絶好の住環境で羨しくなる。

中央線沿線に住む人間にとっては井の頭公園は小学校の遠足の場所として忘れられないところ。

川上弘美は「井之頭公園」(『ゆっくりさよならをとなえる』新潮社、二〇〇一年)、という小エッセイで書いている。

「四年生まで、杉並区の小学校に通っていた」「（略）小学校三年生までの遠足の行先は、きまっていつも井之頭公園だった。池の端にある弁天さま。自然公園の象とフラミンゴ。小さな水族館。毎年春には、屋外ステージのまわりで写生大会もおこなわれた」

川上弘美より一世代上になる私も阿佐ヶ谷駅に近い杉並第一小学校に通っていた頃、学校の行事でよく井の頭公園に行った。遠足や写生大会。ハモニカ大会というのもあった。

とうになくなってしまったが昭和三十年（一九五五）頃まで、公園のなかにプールがあり夏休みなどに時折り泳ぎに行った。阿佐ヶ谷にもプールがあったが、違いは井の頭公園のプールのほうが水が冷たかったこと。園内の湧水を使っていたからだろう。

井の頭公園のにぎわい

中央線の前身、甲武鉄道の新宿～立川間が開通したのは明治二十二年（一八八九）四月。さらに八月には八王子まで延びた。八王子の織物や、五日市、青梅に集まる奥多摩の農村産物、石灰石を運ぶのを目的とした。

民間の甲武鉄道が国有化され中央線と改まったのは明治三十九年（一九〇六）。これによって東京の西への開発が進んでゆく。

永井荷風は大正十三年（一九二四）十月二日に中央線に乗って井の頭公園に出かけている。日記

『断腸亭日乗』にこうある。

「快晴の空雲翳なし。午後電車にて井頭ノ池に赴見たり。池の周囲は公園となり宿屋を兼ねたる料理屋散在せり」

「池の周囲は公園となり」とあるように明治以後、帝室御料地になっていたこの地が大正二年（一九一三）に東京市に下賜され、同六年（一九一七）に井の頭恩賜公園として一般に開放された。これによって東京郊外の行楽地になっていった。

荷風が大正十三年に出かけたのはその様子を見たかったからだろう。荷風は若い頃（明治二十九年）友人たちと井の頭の池を見に出かけている。以来、久しぶりに訪れたのだが、昔に比べ吉祥寺駅近くに三弦の聞える小料理屋やカフェが出来てにぎわっているのに驚いている。

ちなみに吉祥寺駅の開設は明治三十二年（一八九九）と早い。三鷹駅の開設はこれよりずっと遅れて昭和五年（一九三〇）。井の頭の池に吉祥寺のほうが近かったためだろう。

井の頭公園は桜の名所として知られる。

「公園の広大な池のふちには桜樹が植えられていて、花の季節になると花がびっしりとついた枝が池にむかって垂れ、見事である」（吉村昭『わたしの流儀』）

西荻窪に住む角田光代にとっても井の頭公園は身近な緑地。『くまちゃん』（新潮社、二〇〇九年）で、井の頭公園の花見の様子を描いている。

まえの年に大学を卒業、子供服を扱う会社に就職している苑子という女性が、四月第一週の土曜日、大学時代の仲間が毎年、井の頭公園で開く花見に参加する。「苑子たちのグループは、毎年井の頭公園でお花見をしていた。近くは大学が多いからか、井の頭公園に集う花見客は若い人が多く、騒ぎ方が派手だった。池に飛びこむ人もいたし、季節はずれの花火をする人もいたし、ギターをかき鳴らし大声で歌う人たちも、知らないグループと喧嘩をはじめる人たちもいた。」まさに青春。

井の頭公園の面白いところは、緑豊かな水のある公園でありながらストリートの活気を持っていることだろう。

津村節子がそのことを書いている。

「ところがこの二、三年前から、新しい人種が加わるようになった。お金を入れる帽子を前に、手品をしたり、楽器を演奏する男、細長い風船をねじりながら人形や動物などを形作って売る男、顔を白塗りにしてだぶだぶのピエロの服を着たパントマイムの男……」（『似ない者夫婦』）

公園がパフォーマンスのステージになっている。厳密には法律違反ということらしいのだが、彼らが公園の活気を作っていることは否定出来ない。

さらに公園で露店商さながら物を売る者も出てくる。「そして、どこで仕入れるのか安物の細工物や古着、古本を売る男女が、池の中央に架けられている橋のたもとから（吉祥寺）駅の方に通じる言わばメインストリートともいうべき通り道の両側を、占領し始めたのだ」

公園がストリート化している。行政の側からすれば問題だろうが、それだけ井の頭公園が小市民に愛されているのだと考えれば、これはこれで面白い。

にぎやかになってしまった井の頭公園だが、井の頭線の吉祥寺駅の次、井の頭公園駅になると急に静かになる。駅に急行はとまらない。休日以外はひっそりとしている。ローカル線の小さな駅のよう。ここも三鷹市になる。

駅前の商店街といっても小さな店が十軒ほどあるだけ。公園の出入り口に面して変わったカフェがある。「宵待草」。

嶽本野ばら『カフェー小品集』（青山出版社、二〇〇一年）に登場する。関西から東京に出て来て吉祥寺で暮すようになった「僕」はある時、井の頭公園を散歩していて「一軒の奇妙なカフェー」を見つける。

「丁度、井の頭公園駅の前にある薄い水色の木の扉と窓が印象的なそのお店の名前は、宵待草。大正ロマンの香りがぷんぷんと匂いたつお店の佇まいに触れ、僕は思わず、さっき公園を散歩する前にコーヒーを飲んだばかりだというのに、その中に入ってしまったのでした。木の小さなテーブルが三つと少し大きめの六人掛けのテーブルがあるだけの狭い店内には、サティのピアノ曲が静かに流れていました。そして中原淳一や高畠華宵などが大層好きだろうと思われる画家の絵が壁を埋め尽しているのでした」

いかにも『下妻物語』の作者が好きそうなカフェー。「宵待草」という名前は当然、大正ロマンの象徴、竹久夢二の作品から取っているのだろう。

『カフェー小品集』にはもうひとつ、井の頭公園から南の住宅街に入ったところにある「ミカワ喫茶糸きりだんご」という変わった名前のカフェーも登場する。「僕」は桜の盛りの頃、別れることになった「君」とこの店に入る。「井の頭公園には日中から浮かれた花見客が押し寄せていました。乱痴気騒ぎの間を掻い潜り、僕達はこのお店に辿り着きました。このお店の中は花見の騒ぎとは無縁でした。僕達はそのことに安心し、いつものように糸きりだんごを注文しました」

実際「宵待草」も「ミカワ喫茶　糸きりだんご」もどこか隠れ里のような静かさがある。「ミカワ喫茶　糸きりだんご」の女性が「僕」に説明するところによると、この店は、昭和二十一年（一九四六）、札幌から東京に出てきた両親が始めたという。

「母がおだんご作りをはじめた頃はね、井の頭公園の池の水がまだとても綺麗、井戸の水も美味しかったんです。だからその井戸水を使っておだんごを練っていたんです」

井の頭の水は徳川家康が神田上水の水源地として利用した。玉川上水と並んで江戸の飲料水となった。東京の水道の起源である。神田上水の名残りである神田川は井の頭線に沿って流れる。都心に入ると汚れるが、杉並区あたりまではまだきれいで鯉が泳いでいる。時折り、白鷺も見かける。

事件の舞台は玉川上水

井の頭公園の南を流れているのが玉川上水。昭和四十年（一九六五）に新宿駅南口にあった淀橋浄水場が廃止され、新しく出来た東村山市の浄水場に移転したあと上水としての役割は終わったが、環境への配慮から水は流れている。ただ昭和二十三年（一九四八）に太宰治が三鷹の美容院の女性、山崎富栄と入水自殺した、「人食い川」と呼ばれていた頃に比べると水量は減っている。

「私は井の頭公園の南東、太宰治が身を投げて死んだ玉川上水のすぐ近くの古いマンションに、もう二十年近く一人暮らしを続けていた」

ミステリ作家、島田荘司の『都市のトパーズ』（集英社、一九九〇年）の冒頭。「私」はこのマンションから井の頭公園の中央を横切り、吉祥寺駅に出て、霞が関にある会社に通う。

途中、「盛願寺」という大きな寺の前を通る。物語はフィクションだがモデルは大盛寺だろう。そして「私」はある時、その寺で飼われているトパーズというアフリカから来た虎の子供を見る。そしてこの美しく逞ましい生き物に魅了される。

ある夏、トパーズは大人に成長する。そして檻から脱走する。東京の町を横切り、海へと向かう。トパーズに魅せられた「私」はどこまでもそのあとを追う。ロマンティックな物語である。ちなみに島田荘司自身、玉川上水の近くに住む。

東京オリンピックの直前、昭和三十八年（一九六三）に出版され、江戸川乱歩賞を受賞した藤村正太のミステリ『孤独なアスファルト』（講談社、一九六三年）は三鷹周辺を舞台にしている。井の頭公園に近い玉川上水べりで男性の死体が発見される。警視庁の刑事が中央線に乗って三鷹に行く。当時、中央線は高円寺から三鷹まで複々線を高架にする工事をしている。刑事はそれを目にする。「東京も西へ西へとのび、中央線の通勤者輸送能力も限界に達したのだろう」。昭和三十年代の高度経済成長期、東京は中央線に沿って西へと急速に発展している。

刑事は三鷹駅で降りる。当時はまだ橋上駅ではなく平屋の木造の駅舎。刑事は北口に出てしばし国木田独歩の「山林に自由存す」の碑を眺める。文学好きの刑事のようだ。

殺された男性は小金井市にある断熱材の工場の重役とわかる。刑事はその工場から死体が発見された玉川上水まで歩いてみる。

小金井から西武多摩川線の踏切を渡って三鷹市の井口新田あたりを歩く。そこで道路工事に行き当る。オリンピックを控えて東京はいたるところ「普請中」。現場で働いている労働者に聞き込みをすると仲間の一人が行方不明になっているという。

第二の殺人である。犯人は自分を目撃した労働者を殺してしまったのだろう。そしてアリバイ作りのため死体をしばらく隠した。隠し場所は野川に沿った「はけ」にある小沼。温度の低い沼が「自然の冷蔵庫」になった。

野川は国分寺駅の北、東恋ヶ窪に水源を持ち、小金井市、三鷹市、調布市と流れ、多摩川に出る。川に沿ってなだらかな段丘が続き、そこからいくつも湧き水が出ている。この湧き水が出る段丘を「はけ」と呼ぶ。大岡昇平の『武蔵野夫人』（一九五〇年）に描かれたことで広く知られるようになった。

長野まゆみの『野川』（河出書房新社、二〇一〇年）は両親が離婚し、父親と一緒に都心から野川の流れる町に引越した中学生の男の子の青春物語。

中学校の近くを野川が流れている。

「崖地の随所に湧き水がしみだす口があり、かつては川ぞいの一帯に湿地がひろがっていたが、いまは崖と野川のあいだも、桑畑は竹やぶしかなかった川の南側も、すっかり住宅地となっている」

それでも野川は東京を流れる川のなかでは清流で、自然がよく残っている。メアリー・ノートン『床下の小人たち』の映画化、宮崎駿企画、米林宏昌監督『借りぐらしのアリエッティ』の最後にアリエッティたちが船で下る小川は野川に注ぐ湧き水ではないか。

開けゆく郊外

三鷹駅の開設は前述したように昭和五年。関東大震災によって市中が壊滅的打撃を受けたあと、被害の少なかった中央線の沿線が急速に住宅地として開けていった。

辻井喬は自伝的小説『彷徨の季節の中で』（新潮社、一九六九年）のなかで、昭和のはじめ、四歳ぐらいの時、母親と妹と三人で市中から三鷹に移り住んだ思い出を書いている。

「その頃の三鷹は、できたばかりの中央線の駅前に、数軒の商店が並んでいるだけの、武蔵野のなかの新開地であった。周囲は一面の麦畑で、雑木林や欅の群生が点在し、人々の家はたがいに離れて、林や木立に身を寄せるように建っていた」

開けゆく郊外である。辻井喬の家は三鷹駅の南口、北多摩郡三鷹村下連雀。南口に出て玉川上水に沿って五百メートルぐらい歩いたところにあったという。ちなみに三鷹駅は開設当初、南口だけ。北口に駅舎が出来るのはようやく昭和十六年になって。昭和十三年（一九三八）に中島飛行機武蔵野製作所（現在は武蔵野中央公園）が出来たことで南口に遅れて北口も開けていった。

中島飛行機が出来ると関連の軍関係の工場が建ち、戦時下、郊外住宅地の風景は一変した。辻井喬はそれを「郊外崩壊」と呼んでいる。

「私たちから田園としての郊外が失われていく過程と、明治以来の我国の壊滅がはじまる道ゆきとはぴったり平仄が合ったように思われる」（『本のある自伝』講談社、一九九八年）

戦後、三鷹は郊外住宅地として再出発する。瀬戸内晴美が子供と夫を捨て、故郷の徳島から作家を志して上京したのは昭和二十六年（一九五一）。自伝的小説『場所』によると三鷹駅の南口、下連雀。「戦災に焼け残った西荻も三鷹も、駅は昔のままだった。無人電車が暴走したという三鷹事件の惨劇から二年しか経っていなかったが、駅の南口の広場は閑散として静かだった」「駅前から真直ぐのびた商店街も、田舎銀座のような旧めかしい馴染みやすい雰囲気で、人影もまばらだった」

高度経済成長期以前だからまだ田舎の雰囲気を残している。はじめに住んだのは森鷗外と太宰治の墓があるので知られた禅林寺に近い日用雑貨店の離れ。

やがて「私」は家主の寡婦とうまくゆかなくなり、その家を出る。次に住んだのは南口の商店街の中程にあるラーメン屋の二階。しかし、ここも家主の女主人とうまくゆかなくなり出ることになる。

都合、三年の三鷹暮し。この間、「私」は三鷹駅の北口、玉川上水近くに住む丹羽文雄の家を訪ね、その主宰する文芸誌『文学者』の同人になる。吉村昭もその同人だった。

三鷹駅が橋上駅になったのはオリンピックのあと昭和四十四年（一九六九）。この頃から現在の三鷹の原型が作られてゆく。
村上春樹は昭和四十四年に都立家政から三鷹のアパートに引越した。「ごみごみとしたところにはもううんざりしたので郊外に移ることにしたのだ」
「六畳台所つきで七千五百円（安いなぁ）、二階角部屋でまわり全部原っぱだから実に日あたりが良い。駅まで遠いことが難だけど、なにしろ空気はきれいだし、少し足をのばせば武蔵野の雑木林がまだ自然のままに残っているし、すごくハッピーだった」（『村上朝日堂』若林出版企画、一九八四年）
このころでもまだ武蔵野の雑木林が残っていた！　最後に、個人的なことになるが私は昭和四十八年（一九七三）に結婚した。最初に住んだのは下連雀の大成高校に近いマンションだった。まわりにはまだ畑が残っていた。このマンションはいまも健在。時々、眺めに行く。二〇〇八年に癌で亡くなった家内のことが思い出される。

労働者たちへのレクイエム

奥田英朗『オリンピックの身代金』

二〇〇九年一・二月

昭和三十九年（一九六四）に開かれた東京オリンピックは、スポーツの祭典であると同時に、敗戦後の日本が立ち直り、高度経済成長を果たし、先進国の仲間入りをするという国家的イベントだった。だから競技の施設だけではなく、オリンピック開催に合わせ、東海道新幹線をはじめ高速道路、モノレール、ホテルなどのインフラが整備されていった。

個人的なことになるが私はこの年に大学に入学した。世の中全体が明るくなってゆくのが実感できた。新宿駅が改装された。紀伊國屋書店が新しくなった。またこの年は『平凡パンチ』が創刊され、ビートルズが大人気になり、若者文化が台頭した。

しかし、そうした明るさの裏には、表面に出ることのない貧困の問題があった。いまふうにいえば、東京と地方の格差があった。

高度成長期を支えた出稼ぎ労働者

『空中ブランコ』（文藝春秋、二〇〇四年）で直木賞を受賞した奥田英朗の『オリンピックの身代金』（角川書店、二〇〇八年）は、東京オリンピックを底辺で支えた出稼ぎ労働者たちの苦しみに迫った長編小説。格差社会といわれる現代に通じる重みがある。二〇〇七年、大佛次郎賞などを受賞した吉田修一の『悪人』に匹敵する。

主人公は島崎国男という東大の経済学部の大学院でマルクス経済学を学ぶ若者。といっても決してエリートではない。秋田県の貧しい村の農家の子供。中学と高校の担任教師が「国男君は優秀なので上の学校に行かせてあげてください」と母親にいい、奨学金の手続きをしてくれなければ、おそらく中卒で肉体労働をしていたという環境に育った。父親は病死していたし、希望はなかった。

国男には十五歳年上の父親違いの兄がいる。東京に出稼ぎに来て、建設現場で働いている。その兄が事故で死んだ。国男は兄の遺骨を引き取るために大田区の大森にある飯場に出かける。そこで兄は一日、十六時間も働いていたことを知る。下請けの下請け、いわゆる孫請けの仕事である。労働条件は悪い。

オリンピックのための工事現場にはこうした孫請けの労働者が数多くいた。新幹線も高速道路もモノレールも彼らがいなければ出来なかっただろう。

奥田英朗はオリンピックの暗部というべき彼ら底辺の労働者に着目する。中国の若手監督ジャ・ジャンクーが『世界』（二〇〇四年）で、北京オリンピックのための工事現場で働く農村からの出稼ぎ労働者を描いたことを思い出させる。

物語の後半にこんな言葉がある。

「いったいオリンピックの開催が決まってから、東京でどれだけの人夫が死んだのか。ビルの建設現場で、橋や道路の工事で、次々と犠牲者を出していった。新幹線の工事を入れれば数百人に上るだろう。それは東京を近代都市として取り繕うための、地方が差し出した生贄《いけにえ》だ」

「人柱」という言葉さえ出てくる。

兄の遺骨を持った国男は秋田県の故郷へ一時帰省する。東京を知ってしまった出郷者には、故郷はいっそう貧しく見える。

村には病院も診療所もない。電気は通っているが始終停電する。テレビのない家がたくさんある。電話は村長の家にしかない。国民の平均世帯年収が四十九万円の時代に村では十万円程度しかない。久しぶりに会う義姉はまだ三十四歳なのに長いあいだの屋外での肉体労働のために老婆のように見える。この義姉はいつか国男が帰省した時に土産に渡した上野駅のサンドウィッチに目を輝かせた。マヨネーズを知らなかったから。

兄の葬儀の時、義姉は泣かなかった。もう泣く力もなかったのだろう。「国男も最後まで泣かなかった。泣くと、兄とこの村が余計に惨めになるような気がしたからだ」


一時帰省した国男は、故郷と東京との格差を痛いほど見せつけられる。奥田英朗は一九五九年、岐阜県生まれ。東京オリンピックの時まだ五歳だから、当時のことを知らない世代だが、実によく資料を調べ、一九六四年夏の東京、格差社会の実情を丹念に再現してゆく。格差社会としての昭和三十年代を同時代に描いた作家は松本清張だが、奥田英朗はそれを確かに受け継いでいる。

故郷の村から東京に戻った国男は思い切った決心をする。兄と同じように労働者となって建設現場で働く。無論、いずれはまた大学に戻るのだが、いまは死んだ兄と同じ苦労をしてみたい。

一九六四年の夏は暑かった。東京では七月、八月と雨がほとんど降らず「東京砂漠」といわれるようになった。その酷暑のなか、国男は同じ秋田県出身の出稼ぎ労働者にまじって汗だくになって働く。働けば働くほど、富が集中してゆく東京への怒りが強くなる。下積みの労働者の犠牲の上で行なわれようとしているオリンピックへの憎しみを強くしてゆく。

現場の出稼ぎ労働者が事故死する。実はヒロポン中毒だった。労働がきついため飯場にはヒロポンが出まわる。悲しい逃避である。兄もまたヒロポン中毒で死んだと分かる。

泣かせるくだりがある。

死んだ労働者の妻が秋田から一人で東京に出てくる。国男が彼女に付き添うことになる。

未亡人となったこの女性は、義姉と同じように出棺の時も納棺の時も泣かない。やはり泣く力がないのだろう。夜行で故郷に帰るという彼女はそれまで東京を案内してくれと国男に頼む。最初で、そしておそらくは最後の東京見物。国男は彼女を東京タワー、皇居、銀座へと案内する。

東京のはなやかさに圧倒された彼女はこんなことをいう。

「(東京は) 同じ国だというのが信じられんぐらい、秋田とはちがう」「何もかもが豊かで、華やかで、生き生きとして、歩いている人もしあわせそうで……。なんて言うが、東京は、祝福を独り占めしているようなところがありますねえ」

当時はまだ格差社会という言葉も東京一極集中という言葉もなかったが、秋田から出てきた、この、夫を失った女性の感慨は、時代状況をよく語っていて重く、悲しい。

そして、上野駅に彼女を見送った国男の悲しみも確実に読者に伝わる。「国男は手を振り、走り出す列車を見送った。不意に切なさがこみ上げてくる。何か叫びだしたいような思いに囚《とら》われ、歯を食いしばった」「今自分は、破裂しそうな何かを抱えている」

都市への「反逆」

ここから国男は犯罪へ走り出す。貧しいものが富めるものに攻撃を仕掛ける。黒澤明の『天国と地獄』（一九六三年）を思い出させる。

建設工事にはダイナマイトがつきもの。国男は難なくこれを手に入れ、古本屋で買った『無線と科学』という雑誌に載っている記事を参考に時限装置を作りあげる。そして実行へ走り出す。最初は警察幹部の自宅、次に中野の警察学校、さらにモノレール……で次々に爆発を成功させる。当時、世を騒がせていた実在の爆弾魔・草加次郎の名をかたって警察に挑戦状を送りつける。オリンピックを目前に控えた警察内部は騒然となる。

この小説は構成がうまい。各章ごとに日付が打たれ、国男の行動、警察の捜査が描かれてゆく。終盤、東京駅で身代金を受け取るところは、国男側からと警察側からと視点を変えて描かれ、臨場感を増している。

日付は時系列に沿っていないのも面白い。爆発の起こる八月二十二日に始まり、国男が兄の遺体を確認する七月十三日へ戻る。現在と過去が巧みに交差してゆく。

登場人物も多様。ビートルズの好きなBG（現在のOL）。松戸の団地に妻子と住むことになる若い刑事。警察幹部の息子でテレビ局に勤める、国男の大学時代の同級生。飯場の出稼ぎ労働者たち。警察に追われる国男を助ける学生運動に参加している女学生。

なかでも、たった一人の反乱をくわだてる国男を助けることになる村田という初老のスリが面白い。やはり秋田県の出身。昭和二十年八月十四日、終戦直前の秋田空襲で家族を失った。それまで私利私欲に生きていたスリが、自分の子供か孫のような国男がたった一人で国家に反逆するのに惹《ひ》かれ、協力する。「こういうのは悪じゃねえ。反逆だっぺ」

このスリは蛇の道は蛇でアンダーグラウンドの抜け道をよく知っている。警察に追われる国男を巧みに助けてゆく。もし身代金を取るのに成功したら北朝鮮に逃げるというのもあの時代の雰囲気をよくあらわしている。希望を持って北に帰る在日の少女を好意的に描いた浦山桐郎監督の『キューポラのある街』が公開されたのは二年前の昭和三十七年（一九六二）。

東京オリンピックは無事に行なわれたのだから国男の計画が失敗するのは分かっているのだが、最後には、読んでいて思わず国男を応援したくなってしまう。それは、彼の怒りというより、悲しみ、切なさが確実にこちらに伝わってくるからだ。サスペンス・ミステリであると同時に、死んでいった労働者たちへのレクイエムになっている。

荒木町、花街の面影を追って

佐々木譲『地層捜査』

──二〇一四年七月

東京には昭和三十年代まで各所に花街があった。正確には「かがい」と読むが、一般には「はなまち」と呼ばれる。芸者（芸妓）がいて料亭で接客する。芸者置屋、料理屋、待合茶屋（料亭）の三業が集まっているので三業地ともいう。あるいは花柳界とも。いわゆる芸者遊びが出来るところである。といっても「色街」や「遊廓」とは違う。娼妓が身体を売るのに対し、芸者はあくまでも踊りや三味線などの芸を売る。従って花街は政治家や実業家の社交場として使われた。

東京には江戸時代から続く柳橋《やなぎばし》や浅草、深川をはじめ、明治になって開けた新橋や赤坂、神楽坂《かぐらざか》など、随所に花街があった。明治から昭和にかけて「芸者の時代」「花街の時代」が確かにあった。

消えゆく痕跡

その花街が昭和四十年代になると急速に消えてゆく。芸者の数は激減する。かつて伝統ある花街として知られた柳橋にはいまではもう芸者は一人もいない。現在でも花街として残っているのは新橋、浅草、向島くらいだろうか。花街の衰退は、遊客の好みが変わり、クラブやバー、あるいはキャバクラにとってかわられたのが大きな原因だろう。

本書は、そうした消えゆく花街のひとつ、新宿区の荒木町を舞台にしている。地下鉄丸ノ内線の四谷三丁目駅の近く。四谷と新宿を結ぶ新宿通りの北に位置する。

佐々木譲はつねに事件が起こる場所を重視する。『新宿のありふれた夜』（大和書房、一九八四年）は、一九八〇年代はじめ、アジアの人間が増え始めた歌舞伎町を舞台にした。次第にエスニック化してゆく新宿を描いた先駆的作品といっていいだろう。自身、「アジアの活気と混沌を体現する街」としての新しい新宿の姿を「まだ多くの日本人が気づかぬうちに感じ取り、書きとめることができた」と自負しているのもうなずける。

本書で登場した警部補、水戸部裕が活躍する第二弾『代官山コールドケース』（文藝春秋、二〇一三年）は、一九九〇年代におしゃれな町として若い女性に人気が出た代官山を舞台にしているし、本書の前年に出版された『回廊封鎖』（集英社、二〇一二年）では六本木ヒルズがモデルになっている。

佐々木譲は犯罪と場所の関わりに敏感である。刑事の言葉でいえば「土地勘」が大事になる。ミステリ小説というものが、近代社会になって都市が成熟してから生まれた都市小説であることを思えば、佐々木譲の場所への関心、土地への着目はまっとうである。

二〇一〇年に法律が改正され、殺人事件の時効が廃止になった。それを受け、警視庁の警部補、水戸部裕は上司から、十五年前の平成七年（一九九五）に荒木町で起きた殺人事件の再捜査を命じられる。

杉原光子という、荒木町でアパートを経営する七十歳の女性が殺された事件。犯人は見つからず、未解決のままになっていた。この女性は、若い頃、小鈴という名の芸者だった。のち、東京オリンピックがあった昭和三十九年（一九六四）にパトロンがついて小さいながらも芸者置屋を持った。当時はまだ、荒木町には花街の名残りがあった。

一方、再捜査を命じられた水戸部は三十四歳と若いし、仙台で育ったから、花街だったころの荒木町を知らない。そこで加納良一という停年退職した四谷生まれで土地勘のある捜査員の助けを借りながら、町の歴史を学んでゆく。若い世代が、昔の花街を知ろうとする。花街という場所が未解決に終った事件の鍵だと直感する。

現代の町のなかに過去を見る。いまの東京のなかにむかしの東京を見る。「地層」とはむかしの東京、具体的にはまだにぎやかだったころの荒木町の昔をさしている。本書は、過去遡行譚《そこうたん》になっている。つねに真新しく見える東京の町にも過去がある。近代の東京は変化が激しいから、町にはいくつもの過去が層になって重なっている。その過去を探しに行く。

江戸前期の俳人、服部嵐雪《はっとりらんせつ》に「五十にて四谷を見たり江戸の春」という句があるが、江戸時代、四谷は江戸のはずれだった。だから四谷見附《みつけ》という番所が置かれた。ここから先はいまふうにいえば郊外だった。玉川上水はいまの四谷四丁目交差点近くで溝渠《こうきょ》になり江戸市中に水を運んだ。水道の分岐点である。このあたりには四谷大木戸《おおきど》と呼ばれる関門もあった（いまも交差点名に「大木戸坂下」とある）。新宿通りは、追分《おいわけ》（新宿三丁目）で甲州街道と青梅《おうめ》街道に分かれるから、ゆきかう人が多かった。その結果、幕末から四谷に花街が出来、荒木町がその中心になった。

荒木町の四谷寄りにいまも津《つ》の守《かみ》坂という坂がある。坂を下ったところが靖国通りで、都営新宿線の曙橋《あけぼのばし》駅に近い。江戸時代、松平摂津守《せっつのかみ》の屋敷があったので津の守坂の名がついた。

荒木町の花街は松平摂津守の屋敷跡。若い水戸部に、ベテランの加納がこう説明している。「このあたり、江戸時代は松平摂津守の上屋敷だった一帯だ。明治になって、町人に開放された。そのあと、三業地として賑わうようになった」。さらに加納は花街としての格も高かったと説明する。「ここの芸者のことを、昔は津の守芸者と呼んだ。芸のレベルが高くて、ほかの花街の芸者から一目置かれていたらしい」

加納はまた、もう故人となった、国民的人気俳優が通った町としても荒木町は有名だったとも語る。そういえば、名は伏せるが、この「国民的人気俳優」の墓は荒木町に近い寺にある。

現在と過去の二重写し

佐々木譲は、荒木町界隈の事情をよく調べて書いている。実際に、小説を書くに当って荒木町をよく歩いたのだろう。水戸部と加納のように。

刑事を主人公にしたミステリの面白さのひとつは、刑事がよく町を歩くことにある。刑事が、都市論でいう「遊歩者《フラヌール》」となって町の隅々まで歩く。その結果、現在の町のうしろに過去の町が見えてくる。二重映しになる。ミステリが、謎ときであると同時に、上質の都市小説になる。

佐々木譲は加納良一の口を借りながら荒木町界隈の歴史や地形を詳細に語ってゆく。東京のなかの小さな町が、特色ある町として読者にも強く印象づけられる。

新宿通りには昭和四十年代まで都電が走っていた。主要通りだったことが分かる。その都電が車社会になるにつれ廃止になった。荒木町には池がある。その河童池に降りてゆく坂道の石畳は、都電の軌道に敷かれていたもの、という細かい指摘もある。敷石を再利用した石畳は美しい。ちなみに東京では銀座通りの歩道も、都電の敷石が再利用されている。

細かいところだが、さらにこんな話に佐々木譲の地誌へのこだわりがよく出ている。水戸部が荒木町の小料理屋の若主人に父親のことを質問する。「お父さんは、もともと地元の生まれでしたよね？」若主人は答える。「四谷は四谷ですけど、正確に言うと若葉一丁目。昔はいいエリアじゃなかったようで、親爺はあまり話したがらないんです」

若主人は詳しく話していないが、父親が生まれたところは実は、明治時代、四谷鮫河橋《さめがはし》といって、芝新網町《しばしんあみちよう》、下谷万年町《しもやまんねんちよう》と並ぶ東京の三大スラムがあったところ。四谷の崖下になる。崖の上には広大な大名屋敷があり、崖下には貧しい町人が小さな家に住む。江戸の山の手の特色である。佐々木譲はさりげなく町の明と暗を描きこんでいる。都市小説の面白さである。

事件は、はじめバブル期の土地トラブルでやくざが関わっていると思われたが、水戸部が荒木町の花街としての過去を探れば探るほどそうではない様相が見えてくる。

殺されたのは元芸者。彼女には建設会社を経営する羽振りのいい旦那がついていた。また、彼女には、可愛い妹分の芸者がいて、近くの小料理屋の若い板前と好き合っていた。ところが、ある時、その芸者が姿を消した。

町の過去を調べてゆくうちに水戸部に事件の全容が見えてくる。花街ならではの男女の色恋、そして金がからんでいる。

新宿の「ひとつ目小町」

荒木町は都心の飲食街でありながらどこか隠れ里のようなひっそりとした落着きがいまもある。路地が多い。石畳の坂がある。崖がある。崖下には池がある。芸者はもういなくなったが、花街の残り香が漂っている。神楽坂に似ているが、あの町ほどにぎやかではない。国民的人気俳優がお忍びでよく来たというのも、この町が、ひそやかな隠れ里だからだろう。

『代官山コールドケース』に「ひとつ目小町」という言葉が出てくる。一九八〇年代に言われた言葉で、ターミナル駅から各駅でひとつ目かふたつ目の駅周辺が面白いという意味。渋谷に近い代官山が「ひとつ目小町」。それに倣《なら》えば、荒木町は新宿の「ひとつ目小町」になるだろう。

杉大門通り、車力門通り、柳新道通り。荒木町には路地のような通りが多い。水戸部はその通りをひとつひとつ丹念に歩く。現代の自分を過去に溶けこませる。そして通りの奥の奥、いわば闇の中から事件の真相を見つけ出してゆく。町を歩くことによって事件を解決する。

いや、正確に言えば、事件は解決しないと言っていいだろう。犯人は分かったが、その犯人をどうしたらいいのか。

詳しく書くことは控えるが、人情を重視する先輩の加納と、あくまで情を抑えて法律に従うことを主張する若い水戸部が対立する。

四谷に生まれ育った加納（彼もまた若葉一丁目の生まれ）にとって荒木町は故郷である。そこに生きる人間たちを傷つけたくない。定年退職した初老の男のこの優しさに、最後は水戸部が明らかに心を寄せている。

あとがき

東京について書いた文章をまとめている。大別すると三つの東京がある。

「歩く東京」「思い出の東京」、そして小説や映画、絵画などに「描かれた東京」。

東京は大都市だが、世界の大都市のなかでも珍しく歩いている人間の多い町で、これが大きな特色になっている。

安全な都市であること、地下鉄を含めて交通網がしっかり整備されていること、そのために町を歩く人間が多くなる。地方の町が車社会になってしまっているのと対照的で、東京の町がにぎやかなのは、歩いている人間が多いことが一因になっている。

地方の町の駅前商店街がシャッター通り化してゆくなかで、東京ではまだ昔ながらの商店街が健在なのも、東京が「歩く町」だからだろう。

地方の町では車がないと生活しにくくなっているが、東京では、幸い車がなくても電車やバス、そして自分の足があれば日常の暮しにさほど困らない。

もともと歩くことが好きなので、以前から町歩きを楽しんできた。川があると川に沿って歩きたくなる。鉄道の線路があるとそれに沿って歩きたくなる。はじめての町の商店街を歩くのも楽しい。

本書には、小名木川に沿って歩いた文章と、もうひとつ、残堀川に沿って歩いた文章を入れている。小名木川はともかく残堀川についてはその存在をまったく知らなかった。文学作品でもほとんど語られていないのではないか。それだけに、残堀川は新鮮だった。

ずいぶん東京のあちこちを歩いてきたつもりだったが、まだまだ知らないところがある。「歩く東京」は広い。

「ノスタルジー都市」とは私の造語で、東京のようにつねに風景が激変している都市では、ついこのあいだの都市風景が懐しい。千年以上もの歴史を持ち、いまも随所に古い町並みを残している奈良や京都とは違う。古都では歴史が語られるが、東京ではついこのあいだの記憶が大事になる。「思い出の東京」である。

個人的なことを言えば、古希を超えた人間には、昭和二、三十年代の東京は、まだ歴史にはなっていないが、思い出のなかにある。時にはもう風景がなくなっているので、幻想の東京のようにも思える。それを大事にしたい。

ノスタルジーとは、実際にあった過去を懐しむことだけではなく、あるべき過去の姿を愛しむことでもある。当然、そこには大事なものを失なった痛みがある。ノスタルジーとは、言わば、愛しさと痛みの感情だと言えよう。

東京の町を歩いている時、いま見ている風景のうしろに、もうひとつの風景を見ていることに気づく。真新しい高層ビル街の向うに、消えてしまった都電があらわれる。高架になってしまった駅の向うに、まだ草土手を走っていた電車があらわれ、木造の駅舎に入ってゆく。アメリカのノスタルジーの作家ジャック・フィニイの『ゲイルスバーグの春を愛す』（ハヤカワ文庫）には、新しい町の通りをいまは消えてしまった電車が出現する幻想的なくだりがあるが、七十年以上も生きてくると、現代の向うに「思い出の東京」を自然に重ねたくなってくる。

町は文学作品や映画、あるいは絵画に描かれることによって強く印象づけられる。ありふれた町が特別な町になる。町は芸術家たちによっていわば発見される。

玉の井が永井荷風の『濹東綺譚』によって多くの人間に記憶されるようになったのは、そのもっともいい例だろう。あるいは、幸田文原作、成瀬巳喜男監督『流れる』の舞台となった柳橋も、いまはもう花街ではなくなったが、『流れる』によって、美しい女性たちが生きた町として記憶される。

「描かれた東京」を見つけ出す。そこに登場する町を自分の足で歩いてみる。一種「歌枕」の旅である。日本人の旅は、前人未踏の地への冒険の旅ではなく、先人が歩いた土地を辿る旅だと言う。東京を歩く時にも、同じことが言える。荷風が描いた町を始め、さまざまな映画・絵画を思い出す。あるいは逆に、町を歩いて、先人たちを思い出す。

「描かれた東京」では、犯罪を描いた小説も忘れてはいけない。以前、『ミステリと東京』（平凡社、二〇〇七年）という本を出したが、犯罪はしばしば、裏通りから明るい表通りをとらえることで、都市の表裏を深く語ってゆく。東京オリンピックの頃の東京を描いた奥田英朗の『オリンピックの身代金』と佐々木譲の新宿に近い荒木町を舞台にした『地層捜査』は、「描かれた東京」として近年、もっとも記憶に残る。

「歩く東京」「思い出の東京」「描かれた東京」が三位一体になって、自分が生きてきた、そしていま現在生きている東京がある。

さまざまな雑誌に書いてきた文章をまとめた本で、多くの編集者にお世話になった。とりわけ『東京人』の田中紀子さん、いまはなくなった『荷風！』の編集長だった壬生篤さんに感謝したい。

また一冊にまとめてくれた春秋社の篠田里香さん、有難う！　晶文社時代から含めると篠田さんが作ってくれた拙著は五冊目になる。長く付き合ってくれる編集者がいることは本当に有難い。

二〇一五年十一月

川本三郎

【初出一覧】

1　ノスタルジー都市 東京

『東京人』が生まれたころ（『調査情報』二〇一四年九・十月号、TBSメディア総合研究所）
新幹線と東京オリンピックの時代（『東京人』二〇一〇年五月号、都市出版）
遊園地へおでかけ（『文藝春秋』二〇〇六年五月号、文藝春秋）
「レンガの街」から「オリンピックの街」へ（『東京人』二〇一五年三月号）
変わる東京、あの町でもまた（『すばる』二〇一三年九月号、集英社）
東京駅という文化（『文藝春秋』二〇一二年十二月号、文藝春秋）
銀座憧憬（銀座ダイナースクラブカード会員誌『G』、二〇一一年秋〜二〇一四年秋号）
多摩で育った新しい子供たち（『耳をすませば　ジブリの教科書9』、スタジオジブリ・文春文庫編、文春ジブリ文庫解説、二〇一五年、文藝春秋）
居酒屋文化から見える東京（『調査情報』二〇一三年一・二月号）
大衆食堂で一杯（『東京人』二〇一四年一月号）

2　残影をさがして

明治維新の敗者にとってのフロンティア（『荷風！』二〇〇九年十二月号、日本文芸社）
「水の東京」（『大東京繁盛記　下町篇』講談社文芸文庫編、講談社、二〇一三年）
荷風と城東電車（『荷風！』二〇一一年六月号）
荷風の如く、快晴の川辺を（『荷風！』二〇一一年三月号）
東京の西をタテに走る川沿いを行く（『東京人』二〇一二年八月号）

かつて印刷所があった町（『荷風！』二〇一〇年三月号）
ガスタンクが見えた宿場町（『荷風！』二〇一〇年九月号）
乱歩が暮らした町（『荷風！』二〇一〇年十月号）

3　文学、映画、ここにあり

文士が体験した関東大震災（『図書』岩波書店、二〇一一年九月号）
川を愛した作家たち（『東京人』二〇一〇年八月号）
物語を生んだ坂（『東京人』二〇〇七年四月号）
中野区に住んだ作家たち（『東京人』二〇一三年六月増刊号）
文学と映画に描かれた日比谷公園（『東京人』二〇一二年二月号）
銀幕のなかの闇市（『東京人』二〇一五年九月号）
失なわれた日暮里への思い（『別冊 文藝』二〇〇八年二月号、文藝春秋）
大塚という町の記憶（『田村隆一全集　5』解説、河出書房新社、二〇一〇年）
現代作家の描く三鷹（三鷹市市制施行60周年記念展「三鷹ゆかりの文学者たち」記録、二〇一〇年、財団法人三鷹市芸術文化振興財団）
労働者たちへのレクイエム（『調査情報』二〇〇九年一・二月号）
荒木町、花街の面影を追って（佐々木譲『地層捜査』解説、文春文庫、二〇一四年）

著者略歴
川本 三郎（かわもと・さぶろう）
1944年東京生まれ。東京大学法学部卒業。評論家。1991年に『大正幻影』（新潮社、岩波現代文庫）でサントリー学芸賞、1997年に『荷風と東京』（都市出版、岩波現代文庫）で読売文学賞、2003年に『林芙美子の昭和』（新書館）で毎日出版文化賞と桑原武夫学芸賞、2012年『白秋望景』（新書館）で伊藤整文学賞を受賞する。著書に、『ギャバンの帽子、アルヌールのコート』（春秋社）、『ミステリと東京』『そして、人生はつづく』『時代劇ここにあり』『サスペンス映画ここにあり』『ひとり居の記』（いずれも平凡社）、『小説を、映画を、鉄道が走る』（集英社文庫）、『それぞれの東京』（淡交社）、『我もまた渚を枕』（ちくま文庫）、『ロードショーが150円だった頃』『小説、時にはそのほかの本も』『現代映画、その歩むところに心せよ』（いずれも晶文社）、『銀幕風景』（新書館）、『銀幕の銀座』（中公新書）、『映画の戦後』『美女ありき』（いずれも七つ森書館）、『映画は呼んでいる』（キネマ旬報社）、『成瀬巳喜男 映画の面影』（新潮選書）など。

JASRAC 出 1514156-501

東京抒情

2015年12月25日　初版第1刷発行

著者Ⓒ＝川本三郎
発行者＝澤畑吉和
発行所＝株式会社 春秋社
〒101-0021 東京都千代田区外神田 2-18-6
電話 (03)3255-9611（営業）・(03)3255-9614（編集）
振替　00180-6-24861
http://www.shunjusha.co.jp/
印刷所＝信毎書籍印刷株式会社
製本所＝黒柳製本株式会社
装　丁＝野津明子
装　画＝山下健一郎

ISBN 978-4-393-44416-0　C0095
定価はカバー等に表示してあります

川本三郎

ギャバンの帽子、アルヌールのコート

懐かしのヨーロッパ映画

一九五〇～六〇年代、映画は青春そのものだった。『第三の男』『現金に手を出すな』に心躍らせ、ロッシ・ドラゴ、アルヌールの美貌に息を呑んだ日々を、今一度味わう「本の名画座」。　2000円

五十嵐太郎

映画的建築／建築的映画

小津映画の日本家屋。エヴァンゲリオンの要塞都市。宮崎アニメの城。鉄腕アトムの未来都市。ありえない空間から立ち上がるリアルとは？　建築の表象に迫る鵜の目鷹の目映像考。　2200円

熊井明子

めぐりあい

映画に生きた熊井啓との46年

シナリオ執筆協力者として、妻として熊井啓を支えてきた著者が、映画制作と愛に彩られた日々を綴る。日本を代表する映画監督の知られざる素顔にせまる、貴重な一冊。　2000円

平瀬礼太

〈肖像〉文化考

私たちが人の似姿にオーラを感じるのはなぜか？御真影、切手、結婚写真、広告、藁人形、絵馬、美術作品となった肖像を手がかりに近代以降の日本人のまなざしの変遷を辿る。　2300円

本浜秀彦

手塚治虫のオキナワ

漫画の神様は明に暗に「沖縄」を描いた。大規模な観光開発の沖縄海洋博に関わりながら、自然賛美を描いた背景。「ハーフ」と南の島。戦争と米国……。斬新な手塚論かつ戦後日本論。　2300円

▼価格は税別。